实用摄影技法问答

120题

朱光明／著

江西美术出版社

图书在版编目(CIP)数据

实用摄影技法问答120题/朱光明著.
—南昌:江西美术出版社,2009.6

ISBN 978-7-80749-752-3

Ⅰ.实… Ⅱ.朱… Ⅲ.摄影技术—问答
Ⅳ.J41-44

中国版本图书馆 CIP 数据核字
(2009)第 067764 号

实用摄影技法问答120题
朱光明 著

出版	江西美术出版社
地址	江西省南昌市子安路66号
邮编	330025
网址	www.jxms.com
E-mail	jxms@jxpp.com
发行	新华书店
印刷	江西华奥印务有限责任公司
开本	889毫米×1194毫米 1/32
印张	6.5
版次	2009年6月第1版
印次	2009年6月第1次印刷
印数	1—5000册
书号	ISBN 978-7-80749-752-3
定价	16.00元

作者简介 (奂良摄)

　　朱光明,1926 年 11 月生于浙江省嘉善县翁村,庄稼人。1942 年到上海竟成照相馆学徒,起早摸夜苦钻技术、自学文化。1947 年考进万象照相馆,每天为男女老小普通百姓拍照,还为专家、学者、著名演员、国家领导人摄影。并兼摄影教学工作,应邀先后去北京、天津、山东、山西等 10 多个省市开摄影讲座、技术辅导,还为上海电影专科学校、同济大学讲摄影课。曾以特约记者身份应邀赴北京拍摄各国外宾、节日活动。1988 年退休后继续留任,2001 年正式退休。退休后被上海瑞金医院的老年职工大学聘用,讲摄影课及做技术辅导。

　　朱光明专长人像摄影兼长新闻,风光动、静物摄影。众多照片入选国际、全国、上海市等艺术展览,刊载于报刊、杂志、美术画册。1993 年上海摄影家协会为纪念他"从影 50 年",在上海美术馆举办"人像摄影家朱光明作品展览"。

　　他还撰写了评析、论述等多篇摄影文章发表;出版了《长条转机摄影》、《人像摄影》等摄影专著。

　　朱光明已被载入《中国摄影家辞典》、《中国文艺家专集》。

前 言

随着傻瓜相机、数码相机的问世和快速发展，摄影越来越方便，也更加普及，人们很轻易就能拍出清楚的照片。于是，许多玩摄影的人，连光圈、速度、焦距和光照、构图等摄影的基本知识也懒得管了。

然而，要拍出一张好照片，玩出一点新意来，光靠"傻瓜"、"自动"是不够的。摄影属于造型艺术，不仅需要艺术素质，且有许多技术手段。不管是拍人像、风光、动物、静物，其光照的软硬；顺、侧、逆光位的投射；构图的主体、陪体；空间的分配等等，不是随手"傻瓜"、"自动"一下就能做到的。

我常在讲课时和一些摄影场合，遇到摄影爱好者在摄影技法上的各种提问，我都乐意作答，并将自己多年摸索的一些小技法一一传授。数年下来，问得最多的也就百多个问题。于是，我将其有选择地编写成 120 问，配上图例，成此小册子，以方便更广大的摄影爱好者参考。

朱光明

2009 年 5 月于上海

新闻摄影

1 摄影与光

2 摄影构图

3 人像摄影

4 风光摄影

7 翻拍

8 新闻摄影

1

→
→
→
→

摄影与光

→
→
→
→
→
→
→
→
→
→
→
→
→
→
→
→
→
→
→
→

摄影与光

1.摄影为什么要讲究光？

现在摄影已经很普及，外景拍摄靠太阳光；无光，光线暗的地方或室内，用相机上的闪光"嚓嚓"，都能轻易拍出很清楚的照片。

但是拍照，单求拍得清楚是不够的，还需讲究美，讲究艺术性。如拍人像，不同角度的光线照射能使鼻梁挺秀、层次丰富、有立体感；风光摄影，光线能使重重叠叠的山峦一层一层、由深到淡、由近到远。

可见，光不仅用于照明曝光，更重要的是理解、设计光位投射角照明，起造型作用。(图1、图2)因此摄影者要充分理解光的作用，并恰当设计光位投射照明，拍出有欣赏价值的照片。

▲图1 拍人像，产生明暗立体

▲图2 太阳侧光,使山峰产生明暗、远近

2.传统胶片相机与数码相机有哪些不同？

传统胶片相机，是通过揿动快门后景物感光在胶片上，经过显影成负像，再经过制作加工在相纸上成正像。

传统胶片相机无论是相机还是胶片都有多种不同规格。有 135 相机，一卷胶卷可拍 24 毫米×36 毫米画面照片 36 张（也有 24 张的）；有 120 相机，一卷胶卷可拍 60 毫米×70 毫米画面照片 10 张。专业的照相馆除 135、120 相机外，还有可拍散页片的相机、胶片。有 4 英寸、6 英寸、8 英寸、12 英寸等规格，大型的专业相馆还有拍几百人、上千人的长条转机和卷片（相机 10 英寸，胶片 10 英寸阔，横度有 30 英寸、40 英寸到 150 英寸）。拍摄时人物排成圆弧形，相机在中间与人物平经相等。相机从左端开始机动旋转、胶片同步移卷曝光。

胶片有不同快慢感光度，如 100 度，感光速度较慢，结像颗粒细，还有 200 度、400 度到 160 度，感光速度较快，结像颗粒粗。人们通常多用 100 度和 200 度。

数码相机有单反的，也有"傻瓜"的，其外形和 135 相机相仿。

数码相机后背有观景屏幕，镜头视野里的各种景物都可在屏幕上显示、观看。（图 3）揿动快门后其景物就静止保留在屏幕上，转入存储卡（芯片）。人们可对先后拍摄的画面在屏幕上一张一张回看，不满意的可删除。并可将相机连接线插入电脑或电视机，在屏幕上观看。

　　数码相机拍摄的照片的清晰度是以像数的多少而定。如 200 万、300 万像数可放成 8 英寸、10 英寸照片,600 万像素可放得更大而结像清晰。

　　数码相机在摄影的光照、构图、取景等方面都和胶片相机相同。

①

②

▲图3
　①数码相机的正面(单反式)
　②数码相机的后背(单反式)

3.什么是光的性质?

光的性质简称光性,有硬光和软光之分。发光面小或照射距离远为硬光,发光面大或照射距离近为软光。太阳虽然发光面大,但离地球很远所以是硬光;钨丝灯泡、普通闪光都属硬光。阴天散光,及人造光灯前加一定面积的不透明白纱或涤纶磨砂纸、拷贝纸作为灯罩便属软光,反光板也属软光。拍人像,硬光可显示"力"、"勇"、"刚强"等视觉效果;软光可显示"和谐"、"平稳"、"柔软"等视觉效果。(图4)

▲图4 光性效果
①软光,面部柔和 ②硬光,面部质感强烈

　　硬光照在被摄物体上,物体明暗交界线明显,立体感强,层次显著;软光照在被摄物体上,物体明暗交界线不显著,立体感弱,层次柔和。在摄影上有时需用硬光,有时需用软光,也有时需要硬光、软光合用。

硬软

  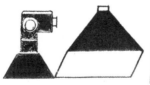 

4.什么是光的强度？

光的强度主要是与曝光有关。光强度高,光圈要小或速度要快,反之光强度低,光圈要大或快门要慢。

(1) 太阳光一日之间中午最强,日出后、日落前强度低;一年四季中夏季光最强,冬季光最弱,春秋两季则介乎夏冬之间,例如以 100 度胶片,1/125 秒快门速度,日出 2 时后——日落 2 小时前为例:夏季(最高气温在 35℃左右)光圈 22,春秋季光圈 11(气温 20℃以上),冬季(气温在 5℃以下)光圈 5.6。但不能以"立春、立夏"节气起算,因为立春一过还是只能按冬季曝光,立冬一过还只能按秋季曝光;(2) 阴天光就较弱了。因为云层有厚度;(3) 闪光,在 1 米处闪光灯对测光表闪出的光在表上显 22 数字,说明这支闪光的指数是 22,距 1.5 米便是 16,距离 2 米便是 11(也常有闪光亮度低于灯上的刻度)。

▲太阳光

▲闪光

▲电灯光

5.什么是光的反射?

　　光照到任何物体上都会产生一定的反射，其入射角等于反射角，凡是物体与镜头相对的部位反射强。如某幢大楼上一扇开着的玻璃窗,太阳的直射角正好与你的人相对就会产生耀光。一个圆皮球被光照着,与光相对的部位最亮。淡色物体反射强,深色物体反射弱;毛糙的物体反射弱,光滑的物体反射强而集中。光照到人物脸部,颧骨、额角都有明显的光斑;在高鼻梁上会产生一条明亮的光条。这都是光的反射所显示出的脸部的层次和主体感。照正面像时,相机上的闪光灯对戴眼镜的人的镜片会产生反光。（图5）

◀图5　光的反射效果示意
　　脸部受光照后,产生反射。反射光与镜头相对部位最亮,向别处反射的部位就逐渐深暗

6.什么是色温,和摄影有什么关系?

简单地说色温是光的含色成分。如早上、傍晚的太阳光,灯泡光,色温低(约 3000° 卡以下),照片上反映的橙黄色成分多;日出 2 小时后,日落 2 小时前,以及闪光都是正常色温(约 5600° 卡左右),照片反映正常色彩。(图6)

◄图6 光与色温
①早晨、傍晚的太阳光及钨丝灯的光照射,照片上反映偏暖色

②日出 2 小时后、日落 2 小时前的太阳及闪光灯的光照射,照片上反映正常色彩

7.怎样认识摄影上的主光与副光？

在自然光条件下，太阳是主光，天空的反射光为副光；人造闪光（下同），指数高的或照射距离较近的一个光源为主光，指数低的或照射距离较远的一个光源为副光。主光是起主要照明作用，副光起辅助照明作用。（图7）

▲图7　主光与副光
　面部亮的部位为主光
　暗的部位为副光
　主光与副光
　明与暗形成对比

8.什么是光比?

主光与副光在不同位置、距离照射同一对象的不同亮度,就会产生明暗的比例——光比。人像摄影通常用3:1光比。即主光3(亮度、下同),副光1为中光比,也有用2:1的小光比,显示"平稳"、"柔软"等效果。4:1以上的为大光比。显示"力"、"勇"、"刚强"等气氛。视不同内容而设置不同光比。大光比有近似硬光的效果,小光比有近似软光的效果。(图8)

▲图8 光比大小效果示意
①大光比 ②小光比

9.专业照相馆照明光源的设备有多少？

照相馆在 20 世纪 20 年代就用灯光照明摄影,后来不断发展。现在一般都是用闪光做照明光源,并且灯光多为:(1) 聚光灯,是照射面小而光强度高的一个光源。(2) 柔光箱灯,即带方口箱形的,口径有 40 厘米×80 厘米或 60 厘米×60 厘米不等,并封以白纱的灯罩。这种灯发光柔和的软光,一般有 4-6 个,有做主光的,有做副光的,也有做背景光的,也有拍全身做下身光。(3) 带有蜂窝式的灯罩,照射面小,中间最亮,逐渐暗散,作局部特殊照明用。并且每个灯内都有钨丝灯,作照明时检视效果。这种灯闪光管是圆环形的,中间插一只长形的钨丝灯。每个灯都装有同步感应器。只要相机上闪光灯一发光,其余照射作用的灯同时发光。这些灯光,主要用于人像、广告摄影。(图 9)

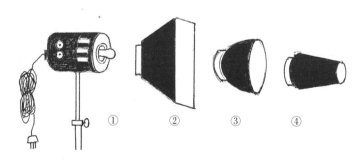

①　　②　　③　　④

▲图 9　专业摄影的灯光设备
①闪光灯　　②柔光箱灯罩　　③灯罩　　④聚光灯罩

10.业余摄影有多少光源可利用?

要想不局限于拍清楚，可以另设1-2个闪光灯，因为相机上的一个闪光灯只能起曝光作用，不能起造型作用。可以在灯底装一同步感应器，或接长线插在摄影机上。附加的闪光灯一个可做主光，相机上的闪光做副光，如用墙做背景，则另一个可对背景，以冲淡背景上的投影。另设的闪光灯可叫人提着，最好是有条件的装个脚。

如果需要软光，还可请白铁匠用薄铝皮做口径20厘米或30厘米的灯罩，口封拷贝纸，罩在闪光灯上，也可用硬纸自制。另外，在自然光条件下，室内窗户光、门口光、廊檐下的光线都可利用。（图10）

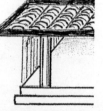

▶图10　业余摄影利用光源
①太阳光　　②阴天光　　③闪光　　④室内窗户光
⑤大门口　　⑥廊檐下

自然光下调整光比可用闪光。一是做副光。如深蓝色天空大太阳，势必光比反差太大可加用副光——即相机上的闪光灯。如觉得副光太亮可在灯上包一层拷贝纸，或开低档。二是做主光。如在阴天，人物脸上平淡，可用闪光做主光。相机上不用闪光灯，闪光灯上接线与快门相连，在高于人物的半米左右拍摄，顺、侧角度都可随意，这样拍摄出的人物面部就会有立体感。（图11）

▲图11 一天还没有走到门口，见门口这位姑娘正在对楼梯上的一个人讲话。发现她脸上从额、鼻梁到下巴有一根明亮的光线条，太美了。于是选了一块深色墙壁请她拍照，模仿自然的逆射线条之外，还请人拿了一个闪光灯在远处对她的脸照了这张照片。光圈5.6，快门1／30秒

12.怎样测光？

测光,是为求得曝光的准确。

(1) 相机内测光。以长亮光(自然光)为准,在观景框内或外口,设有上中下三个标点,上和下都是红点,中是绿点,在未卷片时揿一下快门(如果已经卷过胶片只能轻按,按重了会启动快门),如果下面的红点显示,说明光不够,须开大光圈,或放快速度;如果上面红点显示,说明光多,须收小光圈或加速快门;如果中间绿点显示,则按照相机上的快门速度和光圈级数曝光。还有的是取景框内有光圈、快门的数字显示。一是快门优先式,即定好快门档次,按揿快门,光圈档次以某一数字的跳动呈现,就按跳动的数字定光圈。二是光圈优先式,先定好光圈,按快门,按照显示快门档次的跳动数字定快门(但内测光不能放在 B 门上)。由于背景的亮或暗,这种测光有时也会出现失误。如过暗的背景,主体人物容易曝光过度;过亮的背景,主体人物容易曝光不足,因它是全面测光的。因此测光时最好相机近靠被摄人物脸部按明暗平均测量,然后再按需要曝光。

(2) 闪光测光,即用专用的闪光测光表测光。以 100 度胶片为基点,在室内测光表距闪光灯 1 米处,闪光时表上显示的数字,便是这闪光灯的指数(虽然闪光灯上刻有指数往往偏低,按照灯上刻的指数往往曝光不足)。若表上显示 16,即闪光 1 米距离光圈 16;2

米距离光圈 8。200 度胶片,光圈收小一级。以此类推。快门速度用闪光时不能快过警戒线, 即红字的快门速度档, 有 60 的也有 125 的,超过红色快门速度档,闪光不能同步。但是在室外闪光要放大半级左右光圈,因为室内有环境反射,室外没有环境反射。

学到老

　　到公园散步、活动,总能看到这位老人捧着书聚精会神地看。我就给"偷"拍了这张照片。坐下来跟他聊:"你在看什么书?"他把封面给我看:《一百个人的十年》,嗯,写的是"文化大革命"中的受害者。他叹了一口大气:"唉,'文革'中多少人受害啊!"在聊谈中知道老人今年 86 岁,"文革"中他还在部队。告诉他刚才给他拍了一照片。他高兴地说:"洗出来给我一张照片!"

　　背景右上角的罗汉松,象征着老人的长寿。逆光位,光圈 8,快门 1/60 秒。

13.拍人像主光源照明要多少高度比较合适？

这个高度是指主光位（下同）的高度。照人像，不论正面、侧面像，主光位置通常以 45°高为基准高度，即春秋季（下同）上午 9 时左右或下午 3 时左右的太阳光位。这个高度使被摄对象有立体感。以人像头面为例，眼下、鼻下、嘴唇下有一定的投影，并且鼻梁中间

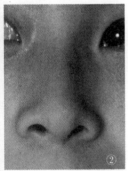

▲图 12　主光源的高度示意
①主光源高度准确，面容、鼻梁挺秀
②主光源不够高，鼻梁塌陷
③仰头姿势光源要高
④正直头面、光源在 45°高度
⑤低头姿势，光源低
⑥相机高度俯摄光源与相机等高
⑦相机与头面等高，光源在 45°角投射
⑧相机低角仰摄，光源须高于 45°角投射

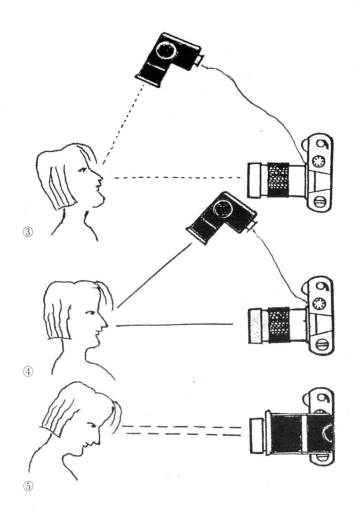

③

④

⑤

会显示一条明亮的光条——高光条,使鼻梁挺直。这个45°是根据人物鼻形,从鼻梁到鼻尖一般在23°左右而定。

照相机上的闪光灯只是照明曝光。因为没有一定高度,所以照

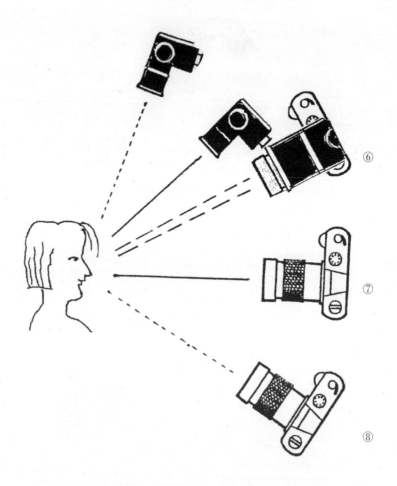

⑥

⑦

⑧

人像最大的不足是使人的鼻梁塌陷,拍头像尤为明显。

　　但是拍人像这个 45° 的高度,也须有所变化。例如:凡是鼻形高翘的,或抬头姿势,或相机低角仰摄,主光位就须相应提高;反之，凡是鼻形平直的，或低头的姿势，或相机高角俯摄的，主光位就相应降低，而这个升高或降低均以鼻梁脊上光条的显现为原则。另外头的向左或向右倒的姿势，鼻脊上原有的光条也会消失，可以通过光源的提高或降低，显现光条。

可以做一个实验：人物、相机、主光源（用一灯泡加罩）都是同一高度，这时鼻梁处中段就会深暗、塌陷而不挺，然后把灯逐渐提高，鼻梁脊上逐渐会出现光条。如果人物的头逐渐低下，鼻脊上光条也就逐渐消失，接着把灯光同样逐渐放低，光条又渐渐出现。同样，头抬高，光源须相应提高。不能人控的太阳光怎样取得光条呢？这一是等候太阳位置时机，二是通过头的后倒、左倒或右倒，同样会显示鼻脊光条。

可知主光源的高度不是随意高低的或一成不变的。

副光的高度，一般略高于镜头，如果与主光一般高，不仅头颈会显太暗，鼻梁上还会产生双光条，破坏人物形象。（图 12）

14.什么是顺光,产生什么效果?

顺光,通称平光、正光,是光源与相机相同的方向,即上午向西偏北,下午向东偏北的方向角度。由于光源有一定高度,因此眼下、颧颊下、鼻梁脊上有光条,鼻下、唇下都有一定的投影。鼻梁脊上有光条,产生立体感,因此"平光不平"。而装在相机上的闪光灯的闪光虽也属顺光,但因没有一定高度,因此没有投影,也不起造型作用。(图13)

▲图13 顺光照明效果图
①侧面顺光 ②正面顺光

大平光指在相机左右两侧各设两盏
装有柔光箱的闪光灯,上下四角投射;或
只用两个灯在与头脸一般高的高度从左
右角投射。这种投射法都没有立体感,没
有层次,也没有光条,只显示眼线、鼻孔、
嘴线、鼻梁平坦。现在不少证件照片都采
用这种光线,婚纱照中也有,但不起造型
作用,只是照明曝光。(图14)

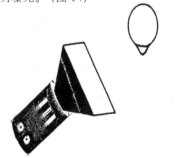

▶图14　大平光示意效果

16.什么是侧光,产生什么效果?

侧光是被摄者左侧前或右侧前的光源。即镜头向北、上午略偏东下午略偏西的太阳光位,人物脸上约 3/5 受光,2/5 阴暗,鼻影斜垂到鼻尖,投影与面颊的阴面相连接,眼下出现倒三角形的明亮区。这在专业上也称"三角光"。三角光,立体感较显著,是拍人像较常用的光位。如果被摄者侧向与光位相对,常称"对光侧面",有阴面的面颊下阴暗,有"清瘦"感。但侧光位,并不是"刻板",可以顺侧,也可以略带逆侧。(图 15)

▲图 15 侧光照明效果图
①侧面相,主光与脸相对   ②正面相,主光从一侧投射

　　光源在镜头的相对面略侧,也即镜头上午向东、下午向西的拍摄光位,被摄者受光面较少。拍正面像头发、肩上有光,一般当装饰光。如果拍背向镜头全侧面,则额、鼻梁、肩产生光条。如果主光位的下面再加一个灯(略低于肩),就会从额到肩连成一线,通称"一线光"(图16)。风光摄影也有很多采用逆光。

▲图16　逆光效果示意
　①外景逆光　②人造光逆光

18.副光怎样处理光位?

副光的光位一般在镜头近旁,相机上的闪光灯就是副光。如果拍侧面、侧逆光,在相机与主光之间加一个副光,使之逐步过渡,能产生和谐效果。

副光,除了调整光比外,还有提眼神光的作用。正面像,在眼白上、瞳孔的周围产生一个圆点即眼神光。专业相馆用方形的柔光箱侧灯做副光的眼神光,光点是方形的,但还是圆点比较好看。眼神光以1点为好,起到提神——画龙点睛作用。如果光位不当就会在眼白上产生一条短横条,这是用光上的"败笔",可以稍移动光位力求避免。

水银灯前(1962年)
电影表演艺术家白杨

一天接到上海电影制片厂一个任务,给著名电影演员白杨拍造型照。之后开始构思,电影演员的工作就是同"上镜头"打交道,她在生活中上了成千上万个镜头,给她拍怎样的形式好呢?

拍摄过程

当白杨来到影室时,已考虑好几个方案,先让她坐下来(事先设计好的一张软椅上),同她交谈,从拍电影的导演、灯光谈到台词对白,她很和气地谈开了。看来这个位置是符合设计要求的。边谈、边配光,对焦,准备拍摄时看她随手从座前茶几上拿起一本画报翻看起来,这个动作很好,就问:"在电影棚里拍戏同在这里拍照情绪上有什么不同的感觉?"在她十分深情地回答时,我抢住这个神态，至于她说的什么，我却没有听清。

光　线

影室白炽灯。主光 300W 集光灯，在人物左侧距 1.2 米高 45° 照射，给脸部产生明亮光斑和高光轮廓；副光 200W 在相机右侧约 10° 高度与人物头面相等，距 1.2 米；阴副光在相机左侧 10° 距 1.5 米照。光圈 4.5，快门 1／15 秒。

构　图

人物主体，从脸部到胸部，构成一条起伏的曲线，再到两手则又构成"L"式图形，人物偏于左边，这对人物视线的前方留有一定的空间感，并且将背部有些弓弧形的线条裁切掉一定面积，这样不仅显得身背挺直，而且体型苗条；深灰的背景也是画面的空白区，正好把黑色衣服、头发衬托出分明轮廓，而对于淡色的脸部又是醒目的对比反差——突出中心，虽然淡色的书和左手臂是明显对比，但与主体中心相隔一定距离，右边的窗与主体人物成对照平衡，隐约的窗格打破了空白区的单调，并且给予观众一种"脸上的光线是从窗里进来"的视觉感。这张照片的光影结构是偏中低调。

2

→
→
→
→

摄影构图

→
→
→
→
→
→
→
→
→
→
→
→
→
→
→
→
→

摄影构图

19.什么是构图,和取景有什么区别?

构图,是摄影造型在画面上的组织规划,犹如演戏的副本、写文章的章节段落设计。取景是根据构图原理在取景框里选择取舍。绘画是摄影构图的"老大哥",画的梅、竹往往比真的好看。这就是因为画家的设计营造构图技巧,摄影构图就是受绘画构图的启示。

构图犹如造房子的设计:客厅、卧房、走道、厨房、厕所如何摆布,小花园里种什么树、花等等。

有些看上去很漂亮的风景,可拍在照片上看却很平常,这是因为没有掌握构图原理。有些在住宅边司空见惯的不起眼的花朵,拍在照片上却很漂亮,这就是掌握了构图原理。

现在虽然有数码相机,可以当场看,不满意的照片可当场重拍,或在电脑上加工,但重拍或加工也须掌握构图原理才能成功。

但必须说明的是,不一定每张照片都要构图,有些受时间、季节的限制,如有些突发性事件,或季节来到,也只能拍下来。

秋色秋声(2002年)

(一)灵感与构思

曾经看到友人一把扇子上画的菊花,花上趴着一只螳螂,并且题上"秋色秋声"四字,意思是秋天的颜色(菊)、秋天的声音(虫鸣)。看了以后很有感触,觉得这题材很好,但螳螂是不会鸣叫的,这可能是艺术夸张或者是画家不了解。从这题名上得到启发:何不把会鸣叫的昆虫同菊花拍在一起,这样岂不更符合"秋色秋声"的含义? 但是会鸣叫的昆虫同季节、搭伴的昆虫难找。如蝉(俗称"知了")与树为伴,蟋蟀(俗称"叫哥哥")同菊花在季节上有联系,只是略有时间差。

(二)拍摄过程

第一次拍摄是在农历九月。弄来一只蝈蝈,在宅边的花园里选好菊花,看好光线,构好图,对好光,把蝈蝈放上去,哪知它又跳又逃,好不容易捉回来,想了想,请人帮忙……抓上去抢拍,哪知还没有停上就逃了,结果找不到了。看来是拍不成功了。第二年春节的一天在友人家里,看到几个大孩子把一只蝈蝈放在桌子上一动也不动,走近一看,问:"死了?!"没有死。经了解,原来是这样的:深秋时把蝈蝈捉来(市场上也有售)养起来,给它吃青菜、毛豆或黄瓜、米饭都可,到了冷天放进小葫芦里窝在身边(给取暖),还会不时地鸣叫。冷天拿出来放在

外面,它既不死,也不会逃。这倒是一个很好的启示。这年深秋,弄到了蝈蝈如法炮制。到了冬至边,天已冷了,菊花还茂盛。在绿化园里选择了菊花,放上蝈蝈曝光,结果片洗出来菊花的章法紊乱,构图庞杂,没有线条起伏。后来干脆把菊花剪到家里拍,用深色布做背景,以插花的手段仔细摆布,一枝一叶修剪安排,然后把虫捉上去。倒是乖乖的一点不动,只是嗅嗅前脚,于是摄下了这个画面。

(三)光线

窗户自然光,逆侧光位,加反光板。光圈8,快门1/8秒。

▲图17

20.什么是主体,中心与主题有什么区别?

主体,是被摄体的主要部分,也是重点。如拍人像,人为主体,脸面为中心。拍头像,脸为主体,眼为中心。拍池塘里一朵带叶的荷花,则花为主体,蕊为中心。主题是主体所反映的情节内容。拍一个正捧着喷水龙头,对准浓烟大火喷水的消防员,主题是反映救火的情景;拍水塘带叶的荷花,反映了盛夏季节的主题。拍人物、花、树、猫狗,亭台、楼房……还可统称人物、花卉、动物、建筑物等主题。

主体、中心,犹如影剧里的主角;主题,是剧情所反映的内容。(图17)

21.什么是陪衬,起什么作用?

　　陪衬,是烘托主体、美化中心的物和景。如人像摄影的穿着装束、室内的环境摆设、外景人像的树木花草,都可作为陪衬;如拍两只蒸熟而血红的蟹(作为主体),在旁边放一瓶酒,再放点菊花都属陪衬。

　　作为陪衬,有时也分主要陪衬和次要陪衬。主要陪衬必须与主体、中心相隔一定距离,如春天拍外景用桃花做陪衬,但桃花不宜与人的头脸相贴,应在头顶上面,三两枝为宜。如果与头面重叠,便是主次不分,甚至于会喧宾夺主。其他次要陪衬如远树、草木等比较模糊,与主体重叠也没有关系。

　　陪衬,犹如影剧中的配角,歌唱中的音乐伴奏。

　　但在摄影画面上并不是每种题材都要陪衬。如拍人像的半身、头像,或拍一本书,拍一尊古玩等,不一定要采用陪衬。

22.什么是空间,起什么作用?

空间,也通称空白,是摄影画面的某一块没有任何景物,或虽有景物而是模糊的一个块面,也是背景。如花园里的一块草地,房间里的一处走道,写字台上的桌面等都属空间,是给主体和陪衬一个清楚的视觉效果。如把认为好看的景物塞满画面"透不过气"正如花园里没有一块草地,就成了树林;房间里堆满了杂物,人也走不动;写字台上堆满了书籍、报纸就不能办公。

空间,可以大,也可以小,可以深,也可以淡,视从属于主体、陪衬的面积、地位而定。

但是也有些照片不一定要空间,如拍一片金黄色的油菜花,拍书店里一块平板上平堆着各种名目的书本等。这些都可以充满画面而不留空间。这是写实记录性的摄影。

春游图　上海长风公园银锄湖畔写生

(一)灵感构思

友人从外地旅游回来拍了不少风光照片给我欣赏。一张以亭子为背景的照片让我受到很大的启发,萌发了拍摄具有民族特色古建筑风光照的想法。

(二)拍摄过程

春天的一个晴朗早晨来到长风公园,游人兴旺。沿银锄湖畔小道漫步,看到南侧湖畔有个亭子,是对称式连廊双亭的造型结构。沿亭子由东、南、西转了一圈,可找不到理想的入画点。最后在靠湖水荡漾的由西朝东的近水沿岸找到这个镜头。以亭子为主体,近景的上空正好有几根垂柳做陪衬,脚下是几根很不起眼的杂草,放在画面上可以作为均衡画面的衬托,并与垂柳上下呼应。只是远景的对岸,一条深灰色的横线与亭子冲突。镜头高低角度都无法避掉,无奈之下,只能留到照片上去加工。湖面有几只游船,准备摄入镜头使主题有动感,这就必须考虑船在画面上的位置。可是一会来了好几只游船,横七竖八太杂乱,一会又是三三两两。好不容易等来了一只,开始太近,等到游船将到还未接近主体,水面泛起层层波浪,就在这千钧一发之际按动快门(好在远处还有一条小船,正好遥相呼应),船在这个画面上正好点出了"春游"主题的情味。

(三)光线

春,上午8时半,太阳在东南投射一逆侧光。光圈11,快门1/30秒。

23.怎样突出主体？

因为主体是画面上的重要部位,所以必须突出。有如下方法,即与空间成对比的方法。

(1)光影,明暗对比。如淡色的主体中心,包括重要陪衬应衬以深色的空间,反之可以淡色的空间烘托深色的主体中心及主要陪衬。但是有大面积深色的面部只要有淡色的明亮线条也可用深色的空间映衬,因为面部边缘明淡的线条已经勾勒出主体中心;反之,用顺光的侧面,整个面部是明亮的,也可用淡色空间,因为顺光对侧面的边缘已勾勒出深暗的线条。

(2)色相对比。如暖色(红橙)的主体中心配以冷色(青绿蓝)的空间。这正如园林中一座鲜红立柱的亭子,被周围绿色环境烘托,或如同绿色的庄稼地里走着一位红衣少女一样,十分显眼。但是作为有色的空间须以低色度(含灰)为宜,以免冲淡中心的突出,给人以刺目的视觉感。

(3)虚实对比。主体中心清晰,空间模糊。

光影、色相、虚实,应以光影为基础。

映山红

映山红,也叫杜鹃花,是春天普通的一种开花的植物,原来是野花,现在公园里、住宅区的绿化地到处都可看到。如果随便拍下来,只是红红绿绿的一大片。需精心构图:选择一两朵有空间的花枝,背景又须深暗,还须有微弱的侧逆角度的阳光。主体的花,深暗的空间(是带湿的泥土,选着了,就是背景都是鲜艳的绿草,一动脑筋用一块黑布铺在草地上(好在草地比花低得多),成了。

两朵花一正一侧,有变化是主体的组成部分,绿色的叶片是陪衬,右边的两个花苞又使画面均衡。花和叶子正是构成有高低起伏,形成不规则的曲线形,犹如音乐的"3ii232212"。好在太阳微弱。如果强太阳则受光部位雪白,阴暗部位暗红——两极对比太大,反之,如果没有阳光,花和叶又是平淡无光,立体感差。曝光:光圈5.6,快门1/60秒。

24.怎样理解均衡?

均衡,是镜头视野里各种景、物在画面上取得平稳而不致失重的原理。在生活中看到树有根(树越大,根在泥下伸得越开);台灯有底座;人走路,总是左脚与右手、右脚与左手并起并落;人一手拎一满桶水,走路时身体往往向另一边倾斜,同时一只空手往往横向伸直等等。树根、底座、手的横向伸直,都是一种均衡、平稳。

均衡有两种基本规律:一是"天平"式均衡。天平的两个盘左右分,一只盘放称的物,假设一根金银项链,另一只盘放法码,当法码放到两个盘等高时,法码上的数字就是项链的重量——左右对等平稳了。如拍人像的正身正面,拍合家照整齐左右对等排列。又如一只花盆做陪衬放在中间脚前,两只花盘左右各一。二是"戥称"式均衡。即一杆秤,一边是秤盘或秤钩,近秤盘杆上一个秤纽,另一边一个秤砣。把一大捆要称的物用秤钩钩住,拎起秤纽,把秤砣移到一定位置上使秤杆平直。这样一边是一大捆,另一边一个小秤砣,但秤杆平直,均衡了。摄影,就是通过这些原理取得均衡。如拍一个人偏于一边,这边有一棵树,树干在上面向另一边弯下做陪衬,而人的脚前选几朵花或几根草这就均衡了。又如拍摄斜角度的合影像,拍一条斜角度的街,影像都是一边大、重,一边小、轻,在轻的一边须用景、物做衬,以免失重。

在摄影上也有故意失重的题材,例如拍人像,有俯冲向下的姿态——失重,这是要表现"力"的主题。(见图17)

山朦胧水迷茫　天目溪漂流速写（1991年）

拍摄过程

去浙江千岛湖旅游，山清水秀美极了，真是"会心山水美如画"。但是，看起来美丽的风景在照片上表现出来未必美。一路上"好山好水看不足"，饱尝了眼福。可是就是没有纳入镜头的理想画面。因为这和绘画一样，须凭审美意识、艺术构思来进行观察，等待（光线时间）可选择入画的光影、透视、章法等的出现。因为眼睛里的美并不等于镜头里的美，镜头里的美要比眼睛里的美更概括、更集中、更典型。来到天目溪江畔，看到近水远山重重叠叠。远处的高峰在云雾中起伏。这时天又下起了蒙蒙细雨，展现在眼前的犹如薄纱幕中的美女。可惜还不能构成按快门的条件。正在欣赏之时，江面远处荡过来几只漂流竹排，当这几只竹排行到适当的位置，用光圈8，快门1/30秒拍下了这个镜头。两只漂流竹排真是起到了画龙点睛的作用。一是在平静的山水中产生了动感，好像听到在漂流排上撑着雨伞、兴致勃勃的游客们的谈笑，或窃窃私语，或大声赞美。二是深色的漂流竹排、人物与淡色的近水远山成对比。可见这竹排的重要性，没有它就不能构成这可塑性的画面。

25.怎样理解透视？

是平面造型艺术上再现远近、立体、厚度等的方式。

（1）明度透视。不同的明度会显示远近不同。如看近山深、远山淡，一层一层的山往远处淡化，最远的一层与天一色。如果近处有一棵树，这树必然是最深色的。这是近深远淡的透视效果。反之，夜间桌上一只台灯，这时桌面近灯最亮，远处就暗——近淡远深。人的面部受一定角度的光线照射（包括正光），额角、颧骨肌都产生光斑，显示出脸部的凹凸厚度，特别鼻梁脊上一光条逐渐深暗，会产生很明显的立体效果。（2）景深透视。结像清晰的为近，结像模糊的为远。（3）距离透视。画面上各被摄物体距离近成像大，距离远的成像小。影像上也产生远、近感。

武陵深峪　湖南风景区武陵源写生(1995 年)

拍摄过程

在湖南张家界,去了武陵源名胜。一路上奇山怪石古树异花,真是大饱眼福。虽然登高爬山很累,但是这些秀丽的风景已经解除了我的疲劳。因为是随队游赏,没有等候细致观察光线角度的余地,只能是走马看花。在一处高峰上往下看,万丈深峪,层层叠叠的山峰都在脚下,真是山下有山,"远近高低各不同",让游客们产生联想:山里有老虎、猴子、飞鸟;如果有人在山里吹笛,一定是回声四起"余音嘹亮尚飘空"。这些山像是在天堂,但由于薄雾气层的渗透而产生朦胧,因此又好像在海底"山峰隔水深",人从这里跌下去,不是粉身碎骨,就是"沉没海底"。这种山景真是又新奇又惊险,诗人看了会诗兴大发,画家看了会大挥彩墨。我看到了这个景点,立刻抓住机会,用光圈 11,快门 1/60 秒拍下了这个镜头。

26.什么是景深,起什么作用?

景深,是画面上聚焦清晰范围的长短。从远景到近景,清晰范围大,谓景深长。反之,只有主体清晰,近景、远景都模糊谓景深短。在摄影上需要景深长还是需要景深短,由摄影的造型需要而定。景深与以下因素有关:

(1) 与光圈有关。光圈小景深长,光圈大景深短。(2) 与镜头焦距有关(指主体成像同样大小,下同)。镜头焦距短的景深长,焦距长的景深短。(3) 与拍摄距离有关。远的景深长,拍摄距离近的景深短。

锦荔枝　花果同藤的静物造型

(一)拍摄过程

　　在崇明农场发现村旁有一个上面爬满了藤蔓的棚架，蔓上结了好多红色的、翠绿色的果实，还有不少黄色的花，十分漂亮。经了解原来这叫锦荔枝，属于水果一类。橘红色的果实是成熟了，内有像小粒蚕豆形状血红的果实，味略带甜，中有一粒扁核；翠色的还未成熟。产生了摄影的动机。经过构思，摄点在棚架的外口向内透视，选择一根斜弧形的藤头做近景，也是陪衬。远处是棚内比较深暗的墙壁做背景，以果实为主体。但棚内的果实太多，显得杂乱，不能纳入镜头需要的视觉位置。征得主人的同意，剪下几个果实，摆布性的用线结住悬挂在选择好的位置，靠边的一个偏低而取全只，中间的一个偏高些并高于框格以上……可见大半只，并且一前一后，这在构图上有起有伏的变化。

(二)光线

　　混合光。在主体的右后侧设一闪光（灯上接筒）GN11，这样两个果实藤蔓及花都照到小面积的光线，产生立体感，阴天的天空光作为副光照全面，但照不到棚架内，因此背景深（也是空白区），正好托出了明亮的主体和陪衬，但背景上还有隐约的几片蔓叶，说明里面还有很多的藤蔓。光圈8，快门1／30秒。

27.镜头焦距长短在摄影上起什么作用?

摄影镜头焦距的长短起成像大小、视角大小的作用。焦距长成像大视角小,焦距短成像小视角大。例如要将远的物体"拉近",用焦距较长的镜头;反之要将背景物体推远,用焦距较短的镜头。

以 135 相机为例:50mm 为标准镜头,30mm 以下为广角镜头,可以拍得较广的场面 (相对影像较小);80–120mm 为中焦距镜头,120–150mm 为中长焦距镜头,200mm 以上为长焦距镜头。如果要将太阳拍到满幅,则需要 800mm 焦距的镜头。拍人像的头像则用 100–135mm 焦距镜头为宜,拍一般全身可用 50–70mm 焦距镜头。

这说明一个规律:如果要后景拉近,须用较长的焦距;反之,如果想把后景推远,取得广阔场面用较短的焦距镜头。 (图 18)

①用短焦距 28mm 拍摄的效果,成像小视角广

②用中焦距 80mm 拍摄的效果,成像中视角中

③用长焦距 200mm 拍摄的效果,成像大视角小　　　◀图 18

28.怎样理解摄影上的变形？

摄影上的变形是与原形又像又不像的一种现象。这种现象是镜头焦距、拍摄距离和拍摄角度共同形成的。变形有两种不同的要求。

一是要避免变形。用较短焦距镜头，拍头像，人的鼻子特别大，两只耳朵特别小；人坐在椅子里拍全身，一双脚特别大。如用较长

▲图19

①用 100mm 中焦镜头拍，成像正常

②用 28mm 短焦距拍摄，使宝塔下大上小的变形，产生雄伟、雄壮感。这种变形是可取的

▲图 19

①用 100mm 中焦镜头拍摄成像正常

②用 28mm 短焦距拍摄,产生两眼分开鼻子大、耳朵小的变形。拍人像这种变形要避免

焦距镜头,并用较远的摄距就会纠正变形;镜头向上仰,拍两幢分开的大楼都向画面中间倾斜。如果用能升降镜头的相机,将镜头升高,或提高摄点,就可避免倾斜。在过高的俯摄,又会往两边倾斜。如果用能升降镜头的相机,相机放平,将镜头下降,或降低一定摄点,就可避免这种变形。但有特殊需要者例外。

　　二是要利用变形。如拍人物头像,胖的人要瘦一点就须用高角度俯摄;瘦的人要胖些,就须用低角度仰摄,有的人想拍得"魁梧"些也须用低角仰摄。这些就是利用变形 (参见 32、33、34、35 题)。(图 19)

29.摄影构图上怎样理解线条?

线条,是画面上各种线状、条形的构架。线必成形,形必有线,因此可统称为线形。如:人立正、无风的垂柳、一尊宝塔、一幢高楼,都是直线形,具有静、庄重、肃穆、呆板的视觉感;人跑步、跳舞、风吹杨柳,人的全侧面,从额、鼻、下巴到头颧,山间小道等,都是曲线形,具有动、轻快、活泼的视觉感;在人行道上斜向看这条街,有近大远

◀图20 线条实例

①无风的倒垂杨柳,是静态,衬托人物的表情,产生"沉思"的效果。

②是瓶酒的外匣,是直线结构,也是一种"静"的视觉效果。

③曲线结构,产生"活"和"动"的视觉效果。

④鼻梁挺直,下巴微凸,侧面线条流畅。如果鼻梁塌,下巴后缩,侧面就不美了。

①

小斜向伸展感；立在湖岸上看湖对面的湖岸是横直线，具有平静感。这是人们在生活中常见的自然形态，长期以来在人们头脑中形成习惯意识。摄影，要拍摄庄重、静感，或活泼、动感等不同内容，可借鉴生活中的自然现象去构图、取景，使画面产生一定的渲染作用。（图20）

②

③

④

30.什么是对称式构图？

　　对称式，是一种左右对等、均匀的结构。如人像的正身正面，左右两眼、两耳、两肩，中间鼻、嘴。多人合影像，长辈中间坐，小辈两边靠紧坐，小辈或长大的孙辈后边立，中间略高，两边略矮，整齐、对称。这是一种天平式结构。同样拍一只花瓶或古玩一般都位在正中。对称式结构显示庄重、肃穆，也显得呆板。（图21）

▲图21　对称式示意
　　①②都是左右对称，显示庄重、肃穆，也给人呆板的视觉感

31.什么是不等式构图？

不等式，是一种左右不等、高矮参差的结构形式，与对称式不同。在构图时用破对等、避规则、求起伏的方法，如"戥秤"的形式。拍半身是侧身侧面或侧身正面，带一点倾斜，如果失重可用自己的肩头或自己手的局部，或用书、花等做衬托，取得均衡，避免失重；拍多人合影像采用斜角度，成一边近、大，一边远、小，这便破了对等，被拍的人物排列有高低、参差，避规则、力求起伏。在人物远边——人物小的一头上端，可用窗格或画轴，或有木架的盆花，下端放一张小桌，桌上放茶杯或报纸、书等，以取得均衡效果。拍建筑物，略

▲图22 不等式构图实例
①是人像 ②是风光,都左右不等,但也均衡,具有音乐的节奏感

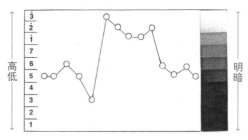

▲音乐节奏,不等式示意

侧角度,既看到正面,也显示一点侧面形结构。在远、小的一边可选大半棵树敞顶,取得平衡。拍一瓶酒,偏于一边,另选一两只漂亮的酒杯靠近酒瓶等等。

　　拍外景人像以树陪衬,如遇一刀齐的杨柳,应选有长短参差的枝条,如选不到也可用剪刀,修剪成参差;如遇叶子像一把蒲扇的棕榈树,可选有两叶参差重叠,这便破了规则。

　　由此可知,虽然左右不等,但还是像秤一样,在称东西时,能取得左右平衡,像一组乐音 55653321126565。这是不等式的曲线结构。(图22)

32.什么是高角度,产生什么效果?

高角度是镜头向下俯摄。被摄对象产生上大下小的变形效果。如俯拍人像的半身头像,显现出头顶、额部大、两颊小、头颧隐掩,使脸形有"清瘦"感。远距离俯摄全身像,使体形有"矮小"感。拍外景人像,有远景上升、近景下降的透视效果。在一定高度拍摄开会场面,可使更多的群众(坐的人)进入画面;拍摄建筑物会使高楼向两边倾斜变形。(图23)

▲图23 高角俯摄效果示意

①扩大额角、收敛两腮、尖化下巴的变形效果,但使脸形有"清瘦"感

②远景上升、近景下降,人物夸大上身、收敛下身的变形效果,但对体形显示"苗条"感

33.什么是低角度,产生什么效果?

低角度是低下相机镜头向上仰摄。被摄对象产生下大上小的变形效果。如拍人像的半身头像,会显现头颧、扩大面颊、缩小额部,使脸形产生"饱满、胖"感。在平地上拍摄站在高岸上或土墩上或山上,以天为背景的人物全身,使人物有精神高昂、身材"魁梧"的变形效果。仰摄一座高塔或一幢高楼,形象下大上小,有"雄伟、高大"的夸张效果。(图 24)

▲图 24　低角仰摄效果示意
　①收敛额部、扩大两腮、下巴显圆的变形效果,使脸形有"饱满"感
　②远景下降、近景上升,人物夸大下身、收敛上身的变形效果,使人物体形有精神感

34.正角度拍摄有什么特点？

正角度，是对称式结构。是被摄对象正对镜头。人像的正身正面，最像本人，一些登记照、报名照必须用正面像，主要是因为像。另外还有些不适应拍侧面，如颧骨凸、下巴后缩的脸形也只能拍正面像。在一条小街的正中间拍街道（也属正角度），两边商店都能看到。拍摄方法（如书面、证件等）：物体须用正而中的角度，以免物体变形。正角度有真实、庄重、肃穆、呆板的视觉感。（图25）

▲图25　正角度效果示意
没有变形，成像正常

35.侧角度拍摄有什么特点?

侧角度是不等式结构。如拍摄人像正面为 10 分面,略侧为 9 分面、8 分面,半侧为 7 分面、6 分面,全侧为 5 分面。当面侧 7 分面、8 分面时,人物脸部的颧骨肌弧形或尖形,鼻梁的挺或弯或塌,上嘴唇的直或翘,下巴的前凸或后缩开始显露;当脸侧到 5 分面时,颧骨肌消失了,额、鼻梁、嘴唇、下巴的线形——曲线就明显流露。因

▲图 26　侧角度脸形效果示范
　①下巴微超凸,鼻梁挺直,拍全侧 5 分面,线条流畅
　②颧骨肌圆润,拍 7 分侧面形较秀气
　③正面像、颧骨肌隐掩
　④尖凸的颧骨肌照,7 分侧面时比较突出
　⑤下巴后缩,照侧面容易显现(正面像就可隐掩)

此，拍正面侧身，同样是侧角度。侧角度的全身像从头、头颅到胸部、腰部、臀部等线条是直的还是曲的就很明显。侧角拍摄一排整齐的树，有近大远小成斜线的影像，有伸展感。

侧角度产生曲线、斜线，有动感，较灵活，对人们的脸形可能显美的形，也可能显陋的形，这由摄影者选定。（图26）

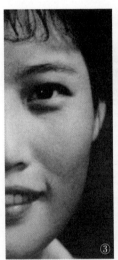

③　　　　　④　　　　　⑤

36.光圈与速度的变换起什么作用？

光圈小,速度慢,光圈大,速度快。可取得同样曝光。例如光圈8,速度1/125秒,为当时光线条件下的准确曝光,如换成光圈11,速度1/60秒,或光圈5.6,速度1/250秒,这都是准确曝光。所不同的是光圈小景深就长,主体前后在一定距离内影像都清晰;反之,光圈大的景深短,只有主体清晰,近景、远景就模糊。这是突出主体的一种效果。但速度快的也有作用,即不易动,动便图像不清。在1/250秒速度条件下,人物的手有动作在影像上可以定下来。但如果把相机架在三脚架上,或者靠在硬的物体上,或搁在窗栏上,慢速度也不会动。要景深长还是要短，这由摄影者在当时条件下决定。

八老图

造型设计

选好光线环境,采用 8 个高矮不同的凳子,把人物排成高矮参差、疏密相间、高低起伏的不规则线形。人物动态有拿扇子的,有托茶杯的,小圆台上还放些茶杯,营造生活气息,侧角度斜摄,使人物影像成近大远小的对比度。拍摄时请一位熟人做临时 "导演",他讲述其他公园一些有趣的活动内容,讲得有声有色。使老人们像在听唱,流露出看表演的情绪。

"八老" 是江南民间 "百老" 的谐音,含百岁、长寿,象征着 "八仙" 的意思。照片在造型上的不足之处就是:淡色的衣服与人物脸面在光影上的混淆。如果当时(两个月前)都是长袖的深色衣服,就能衬托出淡色的脸面——主次明朗,比较理想。如果在画面左上端处有些松或柏的枝叶,不仅象征着 "长寿",而且还均衡了画面(可当时就是找不到巧合的景点)。

光照、曝光

6 月,上午 8 时太阳光,侧逆投射角;100° 胶片,光圈 16,快门 1 / 30 秒。用的是 135 相机,90mm 镜头焦距,这对于斜角度拍摄合影是没有左右调焦的条件,只能对第 4、5 人处聚焦,所以用小光圈能以长景深取得脸面清晰度。

3

→
→
→
→

人像摄影

→
→
→
→
→
→
→
→
→
→
→
→
→
→
→
→
→
→
→
→

人像摄影

37.什么是人像摄影？

以人为主体、脸为中心，以扬美隐陋的造型手法，表现人的美的精神气质的摄影题材为人像摄影，也称肖像摄影。如头像、半身像、全身像、多人合影等。人像摄影有如下特点：(1) 只表现美，不暴露丑。爱美之心人皆有之，被拍的人总希望在照片上美一点，即使长得不美，也希望通过摄影手段和技巧使之变美。这是被摄者的人之常情。(2) 审美与实用相结合。人像照给自己及别人欣赏，特别是美的照片很喜欢给别人看；同时人像照片也有做证件照、报名照的，男女介绍对象先看看照片，把照片送人留个纪念，都是审美与实用结合。(3) 像真与装饰共存。即照片要像本人，但可以通过装饰(包括服装穿扮、面部化妆等方法)使之变美。(图27)

▶图27 人像摄影范例
①儿童像　②少女像

38.什么是人物摄影?

以人为主体,以人的动作为中心,表现人物精神气质的摄影体裁。如:农民在田里插秧、钢琴师在弹钢琴、开大会台上作报告的人和台下坐满的听众等等。即拍在照片上是以人为主体的摄影称为人物摄影。(图28)

▶图 28 人物摄影实例
①签到处
②打鼓

39.怎样塑造人物面容?

人的脸形多种多样,有美的部位,也有不美的部位,作为人像摄影就是要选取美的部位,隐掩不美的部位。扬美隐陋,是人像摄影的职责。

(1) 在角度上选择。如蛋形、瓜子形、四方形(男性),鼻梁挺直,颧骨肌平弧形、下巴有点凸。这些脸可以拍正面,也可拍侧面。有鼻形不挺的,有呈弯弧形(俗称鹰钩鼻)的,也有鼻形凹塌的,有颧骨肌尖尖凸的,有下巴后缩的,只能拍正面,可使这些鼻形凸凹、颧骨尖、下巴后缩的脸形不明显,但尖颧骨拍全侧与正面也可隐掩。人都希望自己的脸不太瘦,也不要太胖,但客观上有些过胖的,甚至大脸(腮大额小),也有双脖子(俗称二下巴),可采用高角俯拍,这样可以扩大额部、收小腮部,可以隐掩胖,有二下巴的侧身往前冲、头颈伸直,二下巴就可消失;这样虽然有些驼背,但背可以在画面把"驼"格掉。也有些脸形瘦,就用低角度仰摄,扩大下部、缩小上部,脸饱满。有时也会遇到本身很匀称的脸形,拍侧角度有"大小"脸的视觉感。这就需注意"侧的程度",如本来拍7分面的,可以用6分面,或8分面纠正,或光线由小面照射用大光比(使阴面特暗),也可纠正。

(2) 在光照上选择。对蛋形脸、方形脸,鼻形挺直的可用正光也可用侧光;瓜子脸形用侧光为宜,因为正光会造成下巴太尖;胖

▲图29　人物面容
　①侧　5分面像　　②侧　8分面像　　③正　10分面像

脸用与脸相对的正光,可减弱两颊的明度,并且光比适当大些;长脸、瘦脸,用侧光,可减弱"长"和"瘦"的视觉感。鹰钩鼻、凹塌鼻都可用两个主光在同一位上正光投射, 高的一个光源可照鹰钩鼻的上半段,凹塌鼻的下半段产生光条,低的一个光源可使鹰钩鼻的下半段, 凹塌鼻的上半段产生光条, 这样上下合成一直线鼻形光条,使"鹰钩"和"凹塌"的鼻形"挺直"了。必须注意的是,凹塌鼻不能用侧光、阴阳光,否则会使鼻形破相。

摄影与漫画不同。漫画对有特征的面形就是要取尖颧骨、塌鼻梁、鹰嘴的形的特征,塑造"像"的效果。(图29)

40.怎样塑造人物的表情？

表情，是人在脸部反映的某种动态，表达感情，也是人物性格的组成部分，如喜乐、沉着、严肃、刚强和冷酷、阴险、凶怒、悲哀等。在人像摄影上一般选择前者。

笑，几乎是拍人像的习惯表情。传统上照相馆在揿快门前总是说："带笑点，不要动。"有人在给人拍照时，邻居的一群儿童看热闹，并起哄地喊："笑啊！笑啊！"有些人在拍照时听到摄影师叫"不要动"时心里十分紧张，镜头好像是"枪口"对准自己，有的紧张得嘴唇发抖。当快门"咔嚓"以后松了一口气："唉！拍照比打针、拔牙还难受。"

不可否认，笑是一种美的表情，有些姑娘一笑，露出雪白的牙齿，也有的一笑面颊上露出深深的酒窝，古诗里有"回眸一笑百媚生"之句。但是笑，并不是每个人都有美的表情。有人笑时血盆大口，有人笑就露出上面牙肉，也有牙齿向前扒的，或缺牙，也有笑像哭等等。这些人拍照就不宜用笑的表情，最多是含笑、微笑。有些人沉着、严肃的表情很有精神，本就不需要拍笑。如果被摄者的手搁在桌上，要是手握着拳，那么就显凶相，如果手中拿一支笔，或拿一本书，那么同样这个表情，就显示在思考、动脑筋，或在回味书中的情节；有些人经常紧绷着脸，一副凶相、奸相，这是人的性格的外露（也有心地可能是善良的）。这种表情拍在照片上本人也会觉得太

▲图30　人物表情范例
　①儿童表情　　②老人表情

难看了。因此在摄影时应有所变化、调整，这就不可能在人像摄影上反映真实的性格，但可取得美的表情，这是人像摄影的需要。

表情的掌握，一是观察被摄对象，二是通过交谈，从交谈中了解表情。两者是相连的，即观察中交谈，交谈时观察。要既不能像偷看，也不能让被摄对象看穿认为"你在看我的面孔"。交谈中不同对象用不同交谈内容,如说"三国演义中写周瑜是生气而死,有关历史说周瑜是病死的",对方会觉得新奇;说"吸烟有害,可我戒不了烟",可能对方会笑;说"这个月雨水这么多,对乡村农作物有影响",可能对方会沉思。摄影者须自己设想,创造机会,如要笑的表情,就用使之高兴的话题;要沉着的表情,就用使对方思考、想一想的话题。但是不能讲了前一句想不出后一句谈什么,这会造成尴尬局面。

最好两人双档,一人引导表情,一人揿快门,或者快门上装遥控器,拿在手里与被摄者讲话,还可边做手势。也有在现场抓拍、偷拍的,虽然表情可能理想,但光线、背景往往不理想。

因此,摄影使有些被摄者的真实性格有所变化,不像小说中的人物,是通过几万甚至几十万字,影剧是通过多少幕场、景的描写,表演生活动态去刻画典型性格。摄影只是单个画面,通过表情扬美隐陋。(图 30)

电影表演艺术家秦怡

当时由上海人民美术出版社推荐给秦怡拍照。

在镜头面前的秦怡十分沉静。用顺侧光位布好光。准备开拍之前同她回忆电影《铁道游击队》里的芳林嫂（秦怡饰），当她"进入角色"时启动快门。

光圈 5.6,快门 1/30秒。

阿　妈

这是一位 80 多岁的老太。从她脸上"木刻"似的皱纹,可看出她一生勤劳。她表情中显示出精神愉快。

冬天,上午侧逆光太阳。光圈 8,快门 1/60 秒。

41.怎样塑造人物的眼睛视线?

　　眼睛是表情传神的灵魂。比如一位少女眼睛向一位男子一瞄,男子也正好与她四目相对,少女就会脸红;一个孩子与群童在草地上爬,孩子的爸爸走过来看着,自己孩子马上立起来,知道错了。这些现象没有语言,只是眼睛视线,却起到比语言还有力的作用——视线会说话。

▲图31　人物视线实例
①低头低视　　②正面略带斜视

　　人像摄影的半身头像,不论正面,还是带一点侧面,只要眼睛看镜头——视点与摄点相对接,再有眼睛中一点亮的眼神光,照片上的眼睛就会盯着看照片的人。如果把照片放大挂在墙上,不论正看还是斜看、低看、高看,照片上的眼睛总会盯着你。这就是眼睛有神。

　　如果照片上眼睛没有神,就是视点短于摄点。这有两种原因:一是在拍照时摄影者架好相机、对好光准备拍时走近被摄者与之讲话,引导表情,开动快门。二是有近视眼的在照相馆拍照,备没有玻璃的空架子(为了防止玻璃反光)。这都会造成视线短于摄点而失神。

　　因此摄影上只要视点和摄点的距离相等,不论看镜头还是看别处,甚至低视看下面都不会失神的。

　　不同状态可有不同视点。如看书看报、与人谈话(须有手势动态)的视线短和摄点近都不会失神。看得较远,有高瞻远瞩的表情,当然也不会失神。但眼睛有意睁得太大,也会失神。

　　视线可以正,也可以斜,可以高视也可以低视,但不能眼白对镜头,这会破坏表情的造型。(图31)

42.怎样防止眼镜反光？

眼镜是玻璃晶体，如眼镜上光源的反射角与镜头相对，就会产生反光。因此相机上的闪光灯拍正面相最容易反光。把光源提高，相机上不开闪光，虽然消失反光，但破坏了造型效果。

避免反光的方法有：一、眼镜脚往上提，使玻璃镜片向前倾斜，反光向下进不了镜头（眼镜脚架由头发遮盖）。二、副光向墙壁照射，另设一个副光在相机后向天花板上照射，主光可按原计划照射。三、低头的姿势，或需要高角俯摄，眼镜不会有反光。

如果戴没有玻璃的空架子，虽然没有反光，但眼睛失神。

南园池畔

有一次在公园里偶然看到一对青年男女,在凳子上坐着谈话,男的是外地口音:"这里太美了,几十年后我们再来这里。"女的含羞地点一下头。"几十年后"都成老人了吗?这是一句含情深刻的语言。

这句话倒给我提供了一对老伴,在一小公园池边栏杆旁。设计一个有动态的造型,拍下了这个镜头。

因为是逆光,对面树林深暗作为背景,几根树枝条照到阳光,点明了春暖的季节。

春季上午9时。因为逆光,相机上装一闪光照亮逆光的主体人物;光圈8,快门1/30秒。

43.怎样减弱人物脸部的皱纹?

人到一定年龄,脸上会产生皱纹,尤其是分晰率高的镜头,皱纹更明显。减弱皱纹可在镜头上加一块柔光镜。这是一种玻璃上制有纹络的无色镜片,称柔和镜也称朦胧镜,加在镜头上,能使皱纹减弱。但是人物影像也有些朦胧感,淡色的边缘会向深色处渗化。因此,用柔光镜,背景不宜太深以免渗光明显。

▲图32 柔光

　　柔光镜可以自制。用一种轧有纹络的无色透明塑料片（有些月饼或其他糕饼的内衬匣即可），中间剪一个约 8 毫米直径的圆孔，离圆孔约 3-4 毫米再剪一圈 6 个孔围绕中孔。用硬纸做一个镜头罩圈把塑片盖在镜头上即成了。孔大朦胧弱，孔小朦胧显著，没有孔，不能聚焦，影像全部模糊。

　　使用柔光镜，须用大光圈，最小也得 8，不能再小，因为光圈太小柔光效果减弱，甚至消失，并且自制的朦胧镜的圆孔会在底片上显露。加用柔光镜时，曝光要比原来增加（约开大半级光圈），因为朦胧片有一定的阻光作用。光比要比原来大一些，因为朦胧镜有柔化光比作用。

　　但拍摄老人，皱纹也是美，不一定要柔和（图 32）。

44.什么是半身镜,能否拍半身?

半身镜也称近摄镜。是一种约 +100°－200°的凸透镜,罩在镜头上会缩短焦距,须特近距才能结像,像就比原来大多了。

半身镜的镜头虽然可以近摄扩大摄像,但是拍人像会变形,鼻子大、两眼拉开、耳朵变小。因此半身镜不能拍半身。只能拍小物体,如小花、蜜蜂、小蝴蝶之类,甚至还可拍蚂蚁等,因为这些东西变形看不出。凸度大摄距越近成像越大。因此,拍半身宜用较长焦距镜头,摄的像比较真。

45.拍摄带手的半身,手怎样处理?

　　人们走路、工作、讲话时,手的动作很自然,但是在拍照时手就不能动,必须取一静态的手姿。

　　要细心观察生活中各种各样的手姿,以及它们所传递的"语言"。例如:两手搁在桌上,一手按在纸上,一手拿一支笔,头面回顾,似在构思;一只茶杯,一手托着茶

▲图33　带手的姿态
　　①手扶茶杯　　②双手交搭

杯,一手开着茶杯盖,或手指夹一支香烟,似饮前已闻茶香;两手搁在低靠背椅子杯上,身子斜靠,像在看电视;两手抱拳身子向后靠,像在休息。如果手里夹一支烟,手腕不能弯成 45 度,以免像"断手"。会音乐的人还可手拿乐器,如:琵琶、笛子、胡琴等。

须注意的是手背,特别是手掌心,不能与镜头相对,否则容易造成别扭。拍进手的造型,手与头面尽量靠近或用较长焦距的镜头,这样都可避免手太夸张。因为这是拍照,不是生活,但这又来自生活。有些题材有意要夸张大手,那是另一回事。(图 33)

46.用闪光灯照明,怎样避免背景上的黑影?

背后的黑影必须避免。其方法是:一是离背景要远在 6 米以上,或者加一个照背景的闪光灯,灯上加同步感应器,或闪光灯朝天花板和墙壁照;二是背景与相机成斜角,如果照相机上用闪光,拍直式时闪光灯须在近背景的一边;三是选树林做背景。

47.怎样选择背景?

背景,是画面空间、陪衬的组成部分,应有序地选择。选背景,也是取景。

在室内,可选择墙壁、家具做背景。室内的画、挂的框、书架、书橱、窗格等都可做陪衬,并且画(位置不理想还可以搬动)、放在木架上的盆花(也可搬动)、桌上的电视机等等都是陪衬,也是背景。

作为陪衬的背景须与主体人物,特别是头面相隔一定距离,尽量避免重叠,更不能把做陪衬的物体放在与镜头相对的人后,以免造成诸如墙上的一只镜架边"贴"眼睛上,侧面像的嘴上"伸"出一根窗沿,头顶正好一只搁在架子上的盆景,成了"头顶开花"(如果盆里种的是仙人掌,两个仙人掌板正好一左一右,正像戴着"古代的官帽")这样的弊病。还有,穿白衬衫拍照不宜选用深色背景,穿深色衣服的不宜用淡色背景。这都是突出了衣服隐掩了脸面。

背景有时也可用挺括的布,要挂得平整,避免皱折。如果用有色的布,应低色度(即含灰)为宜,尽量不用鲜红鲜绿,这是避免影响面部的突出。灰红灰绿拍在照片上虽也比较鲜艳,但还是可以接受的。

电影表演艺术家张瑞芳

一天在电视里看到张瑞芳出席会议，她已经是满头白发，可精神饱满。顿时想到当年电影《李双双》中的情景。于是就托电影摄影师沈西林先生介绍，到她家里去给著名电影演员照相。

利用她家的四扇长窗做主光——顺光，再请人后面拉一白布做背景，加一个闪光朝背照射（在照相机上连接快门），在开启快门前同她读《李双双》的情节。这样拍成一张高调照。光圈5.6，快门1/8秒。

48.人像摄影有摆布,有抓拍,怎样拍好?

摆布,是摄影时对被摄人物进行组织安排。如头面、身体的角度朝向,服饰的要求,背景的选择,陪衬的取舍,光线的照射角等,都由摄影者调处。但这种调处,尽量用语言,特别在姿势的调处上,应"动口不动手"。用手搬弄,容易造成尴尬。

抓拍,一般是在现场,任何环境、任何光线条件下发现可摄对象,在对方不知不觉的情况下进行"偷拍"。虽然表情自然,但是可能会环境杂乱,光线不理想。

作为造型艺术的人像摄影,既要摆布,也要抓取,摆、抓结合。即先摆后抓。如背景陪衬、面形角度、姿势朝向,等着摆布,当然摄影者尽量"动口不动手",接着诱导表情到十分理想时当机立断,在千钧一发之际快门"咔嚓"。应该避免叫对方"不要动,带笑点"的老套语言。即使要对方笑,也可用逗趣的语言引发,取得自然的笑。

摆布、抓拍是人像摄影的基本原则,而摆、抓又需要高明的技巧,需要长期用心训练。

外国人

在苏格兰,春天的一个下午,在渔场的人行道上,遇见这位挺有精神的外国人,想给他拍照,但不认识又不好意思,但立刻转念:别错过机会。于是马上追上去跟他打招呼:"给你拍个照行吗?"他严肃地对我一看说 "OK"。因为光线不对,叫他转个身,这样正好是侧逆光,而且背景是小山,很好!就赶紧对焦。他听到快门一响,向我点点头,意思是"好了吗?"我就说:"Finish,Thank you."

49.怎样拍摄半身头像?

　　半身头像,是人像摄影中最普遍的一种体裁,是最易显现精神
面貌的一种特写照。拍头像,首选要用中、长焦距镜头,保持不变
形。

　　一是要审视面形的胖、瘦、额、鼻、面颊、鼻梁、嘴唇、下巴等形
状,该用的角度确定后,就要注意身躯的姿态。以侧身为好,易产生
曲线,比较活。即使正身也须侧面(在可以拍侧面的条件下)。虽然
有些特写头像只看出少
量的肩部但也不能显示
体形的朝向。可以挺胸,
显示精神抖擞,但是对
过胖的、头颈粗的,特别

▲图34　头像

▲图34 头像

是有双下巴的不宜挺
胸，因为一挺胸显示头
颈更粗，二下巴更显著。

可以弓背，即人向前俯，
头向前伸，脸平视，这样能显示自在悠闲感，特别是双下巴的形状
可以消失。如果挺胸，则二下巴、三下巴都会出现。但俯冲的姿势不
能拍进背部，以免产生"驼背"感，并且头部下端须有衬垫（自己的
手或书或花或自身的肩头之类），以免失重。可把双手搁在一边的
椅子（低靠背）把手上，成斜身，既有线形的变化，也很有悠闲感，
并取得均衡效果。

长半身像可以拍到齐腰，或显一点臀部。坐的姿势可以挺挺
胸，手搁在椅子环上，或手拿些东西；也可弓背，手搁在椅子环上或
架着腿。也可用立姿，两手一直一弯，女性的手不要挡住胸部。（图
34）

50.怎样拍摄双人半身像？

双人像有兄弟、姐妹、夫妻、好友。

一是对称式,横式构图两人相对侧身（可以有前后错落）,靠拢贴紧,身子不能倾斜。如靠不拢则一人可以骑马坐（一脚在凳里一脚凳外,如夫妻,则男的骑马坐）,头靠拢不能倒,要直,留2-3厘米空间。如果脸形有大有小，小的头面前些（光圈11即可都聚焦）。这是横式头像。

▲图35　①两男侧身侧面

②男女侧身侧面

二是一高一低式,直式构图少,用硬把手的椅子采 45°侧角,近(坐椅的)低、远高。如果是父子或祖孙,则父或祖坐在椅子里,子或孙坐在与椅把手等高的凳子上,也可坐在椅子把手上,在近边用一盆景树或花,到正好挡住把手略高的位置,视线都向前方。也可长辈近、高,小辈远、低,在低的靠边上端设些陪衬,如花、树或画框。

三是叠面式,侧面横式头像。多为夫妻或姐妹或兄弟,两人都有拍侧面像的面形,才采用新式。30 以 5 分面左右侧角,两面相叠,须叠过远的耳朵,并紧贴。可以近高些,也可以远高些。同样用小光圈,才能都聚焦清晰。(图 35)

③母子正面

51.怎样拍全身像？

全身照，要避免人笔直立着，须有点动态。如拍女人，尽量显示鼻形、头额、胸部、腰身、臀部等优美的曲线。室内，手可以靠在家具上，两脚应有变化，如侧身的近脚直（即脚尖对镜头），远脚横，并使近脚在中间成"丁"字形，而不能相反。

双人全身像（如夫妻），可相对侧身，也可同一方向侧身，也可女的侧身男的正身向对方略侧。

外景全身像，可略偏于一边，留空间，上有树枝或花枝，下端选一些花或野草做陪衬，花或草必须在空间上有光影对比，否则等于没有。如果远处有一座彩色亭子或一尊塔也是很好的陪衬。如果有朝霞或晚霞，那就须在侧面加一闪光，用高光投射，很像朝阳或夕阳照在脸上。（图36）

▲图36
①外景全身，用低角度仰摄，远景都看不到
②室内全身

52.怎样拍雪景人像？

拍雪景人像，最好雪停后，更好是雪后初晴，使雪的高低地位、树与景物都有明暗层次，并且以蓝天做背景。

拍雪景人像，先选好陪衬。如果太阳正好是侧光位，就比较理想，不仅景物有立体感，且雪的反光可以作为照人物的副光。逆光位也好，景物的立体更强，人物比较暗一点。地上的雪反光等于下面向上照的光线，会使鼻形塌陷，可用一盏不太强的闪光灯以高正光的位置投射，就可避免鼻梁塌陷。闪光不能太强以免失真。但是闪光灯装在相机上是起不了使鼻梁挺直作用的（下同）。

如果没有太阳，环境、陪衬都比较平淡，人物的脸上比较深暗，也会使鼻梁塌陷，可以同样设一个不太强的高正光，保证人物脸形的清晰度。虽然脸还是比雪景暗，但这还是正常的雪景人像。如果不用闪光，人物就不美观了。

53.怎样拍夜景人像？

　　城市街道的商店、公司，夜晚灯火通明，广告霓虹灯五颜六色，逢节日有些地方还施放焰火。拍照的人很多，闪光灯嚓嚓个不停。

　　拍夜景人像，最好用两个闪光灯，接线（约 3-5 米）的一个做主光。不能用同步器引闪，因为在人多的地方容易受别的闪光干扰，当你想拍时电还没有充足，即使电充足了有可能又给别的闪光"抢"闪了。接线同步是不受干扰的。

　　一、彩灯为陪衬的拍法：彩灯应偏于一边，不能作为背景，人在暗处与彩灯相呼应。相机上的闪光做副光，拉线的一个闪光在彩灯的一边高处做主光侧光，也可以在人物相

▲图37　夜景人像

对面（可略偏彩灯一边）做高正光。主光的闪光灯上可以包一层淡色的透明色纸，象征着"彩灯"的光。

夜景的彩灯光虽然肉眼看是很亮的，但不能与白天比，假设光圈5.6，速度要0.5秒到3秒不等，视彩灯亮度而定。如果彩灯在马路对面，又是正好构成画面，这样彩灯就会虚，因此，需要收小光圈（约11），这样曝光就要1.5秒到9秒。

拍摄时（相机装在稳固的三脚架上），开快门时闪光亮，人不要动，要等到快门关。

二、焰火为陪衬的拍法：如前的光圈、速度。光看几次焰火的大小、人物位置，等听到"砰"焰火上去还没有开花时开快门，闪光亮后人不要动，焰火开花后快门关了才完成。如拍全身像夜景的彩灯、焰火做陪衬，光圈就不要太小了，速度也不要太慢了，一般0.5—1秒就可。（图37）

54.怎样拍老人像？

拍老伯伯老妈妈不能就坐着或立着，有一点动态会更生动些。

（1）看书。识字的老人可以拿本书看，报纸也可以。（2）与人谈话。谈笑风生最好。即使掉了牙的笑口对老人来说也不难看。（3）喝茶。手捧茶杯也是很自然的。（4）人侧身坐着。一只手或双手扶着拐杖，眼看前方也很悠闲。（5）写字或作画。对爱好书画的

▶图38 老人像
　①白须老人用低调拍摄
　②老太在孵（晒）太阳手拿
收音机，听得很出神

老年人也是一种生活乐趣。（6）下棋。可以"举棋不定"，也可以"下棋无悔"。（7）奏乐。会拉胡琴的，或吹笛子的，可以用乐器动态，揭示老年人的心态。（8）刺绣。作为休闲。有些老太年纪大还喜欢绣花，一手拿绷架，一手拿绣花针（绷架上要有一些花），情趣盎然。（9）结绒线。到老没事做，结绒线也是"老有所为"。拍有动态的照片，有些可以现场抓拍，也可以特意组织、设置闪光造型拍摄。

老人拍外景有条件可选择松树或柏树做陪衬显示"松柏长青"。（图38）

55.怎样拍儿童照？

家长都希望儿童照拍得天真活泼。逗引十分重要。最好两人合作，一人逗引，一人揿快门。

2–3个月的孩子，让母亲坐着，两腿并拢脚下垫高，身上铺一条毯子（最好是无花彩的）。把孩子放在毯子里，头靠在母亲胸下，母亲两手在毯子后托住。摄影者用彩色的花或玩具逗，孩子高兴时蹬脚舞手时启动快门。

6–8个月的孩子，能坐，也能学步。可叫孩子坐在桌子上，旁边要有人挡住，摄影者可用语声逗引。一是学动物叫声，如猫叫、狗叫、鸡啼。二是逗引者用一块

▶图39 儿童像实例
①听电话的小女孩
②看图识字

手帕遮在自己脸上，叫孩子的名字，再把手帕揭开同时嘴里"喵"一下，孩子可能会高兴地笑出来。一次不行可以重复地"喵"。三是用可吹泡球的皂泡（玩具商店有售），一支喇叭口的小管朝瓶里沾一下吹出来大大小小五颜六色的泡泡，孩子可能拍手大笑。

　　3-4岁的孩子有点懂事了，可用对话或对玩形式。一是赞美式的问话："宝宝真乖，真漂亮！几岁啦？"可能孩子只举几个指头，可没有表情。二是对玩，用皮球或玩具抛给他（她），再叫他（她）抛过来，逗引者接住了马上放在眼边并说："喔唷，你抛在我眼睛上，好痛啊！"孩子觉得"便宜"了，可能会笑。三是做"肉痒"。故意把手指头在自己嘴口呵呵气，让孩子看到，接着伸到孩子肢窝下。孩子感到"肉痒"，可能会撒娇地笑。（图39）

56.怎样给青年人拍照？

　　青年人喜欢拍照，特别是女青年，满意的照片，送给同学、同事放大挂起来。但也有青年人不愿意拍照，可能自己觉得长得难看，也有可能摄影者没有掌握"扬美隐陋"的技法。有的甚至讨厌拍照。如果把自以为难看的面形隐掩，诸如颧骨高尖，或鼻梁塌凹，或下巴后缩等，通过角度、光线等给隐掩、美化，就不一定会讨厌拍照了。

　　给女青年拍照，陪衬很重要的。常用的陪衬有：(1) 花。女人爱花，花与少女很有"缘"，野外生的花、花瓶里插的花，或盆栽花都可。与花合影，头面可以高于花盆，也可低于花瓶，两手扶着花瓶，可以与花并头（一朵大花如牡丹），也可以看花 （侧面）。

▲图40　青年人拍照实例
　①戴太阳帽的少女
　②留住春光美景
　③桃花与少女

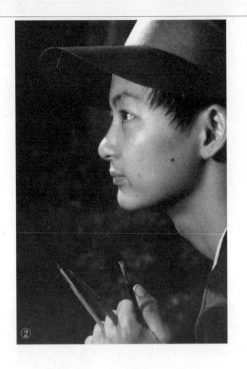

②

　(2) 书,可以看书,一手挡书,也可一手拿支笔。侧面像也可侧7分面,头回过来向镜头,侧身的运动带一点书角。(3) 琵琶。会音乐的可捧琵琶,即使不会也可拿 (照相馆常以琵琶做道具)。对胖的脸形用7分面,特别胖的脸,或半面有陋点,可用琵琶遮塑料,正是"犹抱琵琶半遮面"。(4) 檀香扇。可以放在半边胸口与镜头成斜角。如脸胖的也可遮一部分面颊。方法多样,摄影可自行设计。

　　男青年可以造型一个特写头像,根据脸形特征,诱导出一个最神气的表情。可以:(1) 看书、做笔记。这是青年人向上的一种精神状态。(2) 拿笔。可以单手握笔也可双手捧笔。笔头向上,表明在思考。(3) 写生。在公园里,常有些男青年 (也有女青年) 对着某一景物绘画,可作为摄影上一种姿态造型。

　　男女青年的外景照有好多景可取。(1)春天,杨柳、桃花是最逗人的景物。近处有几根柳条,远对面是深暗的树林,在阳光照射下柳条闪耀着明亮的金光,衬托着苗条的少女或俊俏的少男,真像一幅工艺画。桃树花枝衬托着倚栏少女,真是 "人面桃花相映红"的诗情。枫叶春天血红,夏天变绿,到冬天下霜后又变红。唐诗中的"霜叶红于二月花"说的就是枫叶。外景做陪衬,也是很美的。春天,花、树比较多,是摄影取景的好季节。(2)夏季池塘里荷花有绿叶烘托更是吸引人。坐在池塘边拍照,如果选中一两朵花做陪衬但太远而小, 则可用 150-200mm 焦距的镜头,可以把花拉近些。夏季的竹比春季还茂盛,离头顶的上端伸出三两枝竹做陪衬也别有风味。(3) 菊花是秋天的主要特征,可用盆花、瓶花做陪衬。还有橘树,有的还结着绿色、橙色的橘子。(4) 冬季,"犹有花枝俏",指的是梅花。靠在梅花旁边的少女"人更俏"。还有松、柏、冬青、棕榈等 (都是常绿乔木),用作陪衬也是很美的。(图 40)

③

57.怎样拍生日、寿诞照？

生日都喜欢庆祝。

儿童生日，家长大多是用蛋糕，并插上小蜡烛，按岁数一岁插一支，两岁插两支……还有用英语唱生日歌《Happy Birthday to You》（祝你生日快乐）。可以拍摄唱歌、拍手，也可以拍孩子点蜡烛、孩子吹蜡烛等，连蛋糕一起拍进。也可以用红线写"祝×××生日快乐"贴在墙上，台上点几支蜡烛，大家唱歌，与孩子一起拍手连蜡烛（拍进一半）一起抓拍动态。

▲图41　生日寿诞实例
①今天我生日，"生日快乐"字与人物两底合成
②老伴俩七十大寿，"寿"与人物是两底合成

　　老人寿诞,可用金纸"寿"字剪纸,也可加红边,寿字下端用图案花纹做托底。寿字两旁用两瓶花做衬,或点两支蜡烛。也可用霓虹灯寿字。一个人或老夫妻俩,坐在寿字下面中间,离寿字约5寸左右。但这种样式比较呆板,尤其是单个老人。

　　用不等式拍法比较自然,即寿字偏于一端上角,作为陪衬,单人或老夫妻俩朝寿字方向约45°侧角。如果老夫妻俩,即老妻在寿字一边,较矮些,老夫紧靠老妻身边。这样比较自然。用光上侧逆光,如果闪光灯上包一层浅色的橙色透明纸,更象征着"寿"气。

　　用剪纸的寿字,则用分灯,寿字上也要照光;如果是有寿字的霓虹灯,则曝光约1/2秒。(图41)

58.怎样拍对称式合家欢照？

合家留影,以祖孙三代为例。

老人中间坐,大儿子、二儿子（或女婿）左右紧靠老人坐,大媳妇、二媳妇（或女儿）紧靠丈夫（或兄长）坐;三儿子（或女婿）、三儿媳（或女儿）立在长辈后,孙辈立在自己的父母旁边。整个队形保持中间略高,两边略低,左右对等。如果高矮不理想可用填板或砖衬垫,并且后面人尽量与前面人交叉。

光线,室外可利用自然光,以侧光为宜,如光比太大可加用相机上的闪光。室内用闪光,两人灯在相机的左右两侧（加用同步感应器）为主光,高于被摄人物头面。相机上闪光做副光。（参考59题图42）

59.怎样拍摄不等式合家欢照？

不等式，是采用斜角度拍摄。在人物排列上从远边起：高、低、高、高、略低、高、更高、略低、再略低、低。祖父母偏于近边（因为如果在中间则视觉上太小），两个孩子在祖父母膝旁。远边全身成像小、轻，近边到膝盖成像大、重。虽然只成一排，但因为斜角度，在透视上也就"缩短"了。轻边上端有格子窗（或画轴或设一木架，上放盆花或瓶花），下端放一张小方（也可圆）桌，桌上放茶杯、书报。这样就平衡了。（图42）

▲图42 不等式合家欢照片

不等式合影像也就是采用破对等、避规则、求起伏的构图方法，使画面显现自由、活泼的感觉。但是在排列时难度比较高。

光线。在相机45°的侧角位置，与人面相对，在距人物约1.5米处高于人物头面0.5米以上，设两个主光，间距约1米，相机上的闪光为副光。近处的主光也起一点副光作用。

光圈，斜角拍摄合影像因为人物有近与远，不能同时聚焦，应聚焦在中间略偏近的人物，光圈收到16，可以全部清晰。专业的摄影可用能左右调焦的相机，光圈开大也能同时聚焦。

外景的不等式合影像可在住宅小区，高楼坐凳可以从自己家里拿。一是选择光线，与相机40°—60°侧角太阳光；二是选择在远面人物做均衡的陪衬。也有自由地或站或坐拍摄，称为"自由式"。

60.怎样拍团体合影照？

一是需要较大的底片,120 的 6×7 画面或更大一些底片的相机。二是在室外自然光条件下拍摄(晴天、阴天都可)。三是只能用对称式排列。

假设为 60 人左右的合影像,分四排比较合适。具体排法:第一排,老师或干部先中间坐,其余学生或群众(下同)接着坐满 15 人为止。须注意的是坐的凳子两旁的 2-3 只须向镜头方向侧,以免照片上的旁边人向画外。其余人在场边按高矮排成一排。高的一边开始先去 2 人立在第一排坐的人后面中间,接着 2 人左进、2 人右进,都向中间立的人靠拢,再 2 人左进,2 人右进,到立满 16 人为止,这是第二排。第三排站在立地排后面的凳子上。先去 1 人立在立地排后面的一排凳子上,居中,接着还是 2 人左进,2 人右进,到立满 15 人为止。第四排,立在立凳子排后面的桌子上,按前排办法进入排位。可以立 16 人,也可立 15 人(正好与前后交叉)。

这样,就成了一个中间略高,两边略低,整齐的带有横方形的队形。如果发现某一排人整个太矮,那么可与立地一排调换一下。须整齐地下来,对换的一排整齐地上去。如果人数再多,再加宽排长、提高排数——方桌上加凳子立人,甚至可以桌子上架桌子立人。如果排数不加,只是两旁加宽,成为横阔的队形,这样不仅人物影像小,而且拍进的背后景物太多,是不好看的。

注意事项:1.须事先了解拍摄人数,准备排人的凳子、桌子;2.每一排人须向中间略侧身,并且尽量前后贴紧,并且前后交叉,即后面的人在前面两人之间;3.立地一排人必须宽于第一排(坐凳子的)半人到1人,这样可以挡住后面人的脚及立具;4.不能给人看到立人的凳子、桌子;5.坐的人尽量不用有扶手的靠背椅子,并且作为拍团体照,第一排坐的不能太少;6.被拍的单位

▲图43　多人、团体合影像
　①中型团体合影像
　②旅游留影自由式排列
　③大型团体合影像实例

常有催促"快点"随便立、坐就可,这要坚持原则,否则拍出来高高低低、乱七八糟,照片十分难看,并且后面的人虽眼睛看见镜头,都常常有嘴或鼻子或面颊给前面人挡住。

人数多,有多层石级大楼房可以站立,但石级没有凳子高,容易挡住后面人的脸面,因此要注意前后交错(图43)。

②

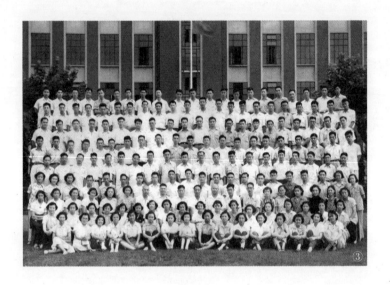

大型团体合影　排例示意图

61.怎样拍摄结婚喜庆照？

结婚是人生大事。摄影者须事先了解婚席、仪式、程度的全过程。

（一）有几个必须抓拍的抢镜头：(1) 仪式主持人讲话，(2) 新郎新娘交换饰物，(3) 新郎新娘敬酒，(4) 新郎新娘"亲热"（可能由贺客提出要求，诸如拥抱或接吻），(5) 双喜字扎彩的汽车上车、下车。这些都得用相机上的闪光抓拍抢镜头。

（二）组织摆布。须对新郎新娘"导演"，并另设一个接闪光做主光。(1) 新婚纪念。以双喜字为陪衬，新郎新娘略偏于一边，朝喜字略侧，新娘为近，手捧鲜花，将新娘礼服向后铺开平摊。在接线闪光灯上包一层红橙色透明纸，侧光位高射，以使新郎新娘"红光满面"，显示喜气。可以多换几个姿势多拍几张。(2) 合家留影，与父母及家人留影，以喜字为背景。(3) 与亲朋好友留影。(4) 喜庆酒席场面。以喜字为主体，登高用慢速度 1/2 秒或 1 秒曝光。(5) 新婚场所的酒家或单位的招牌。

（三）新式婚庆。结婚是男女一生间的大事。打破传统观念，以纪念为重，不搞隆重排场。结婚登记后只是用红纸或金纸剪红双喜字，双方家长几个亲友在自己家里欢聚。拍照以喜字为陪衬，新郎新娘合影，再与家长一起合影。

62.能否以开亮的台灯为陪衬拍摄写字、看书动态？

有十分漂亮灯罩的一只台灯，要和人拍在一起，其方法是：在台灯的后面（镜头看不到）设一闪光，单照人物，做主光也算"台灯的光"。相机上的闪光包一层拷贝纸（因不宜太亮）做副光。按台灯光亮度定光圈速度。照片上就很自然像"在台灯旁边工作"的照片。

如果只用相机上的闪光灯显平淡，不像台灯的光。如果只靠台灯照明，则人物曝光不足；如用慢曝光，人物正好曝光，则台灯曝光要过度好几倍，而且台灯上的花纹一点也看不清。如用了主、副光，人物和台灯都清楚，又自然。

63.怎样拍摄舞台剧照？

舞台剧照,包括京剧、话剧、滑稽剧以及各种地方的戏剧照。

拍摄方法:

一、抓拍。即相机上闪光,边演边拍,抢镜头。这种拍法,虽然比较自然、活,但也有不利的方面:首先是光线平淡,缺少立体感,因为舞台灯光不起作用并且背景上,有投影;其次是如果有影像背景就看不出影像;再次是拍照是少不了走动,并且闪光灯闪耀有些观众会不满(在露天演戏、拍照,这种现象不会产生)。

二、专题拍摄。即戏散场后演员没有卸装,为拍照而专门表演。摄影者先是看戏,同时记录需要拍摄的场景,之后与导演商量该拍的镜头。

拍摄内容大体有:(1)男、女主角的特写头像,用侧光或侧逆光;(2)带手有动作的半身像,也可以唱;(3)与配角对话或对唱;(4)多人表演,可像真的在演戏一样;(5)全场景多人表演,用舞台灯光不用闪光,慢曝光 1/5 或 1/2 秒,按舞台光线而定。

专题拍摄时现场的道具可以搬动到适合的位置做陪衬。这样从光照到道具的变动源于现场又高于现场。(图 44)

▲图 44 罗汉钱剧照（著名沪剧演员丁是娥、筱爱琴主演）

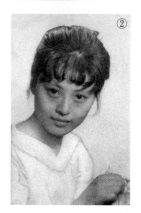

▲图45 高调照
①老人
②少女

拍高调照的条件是:被摄人物穿白色衣服,用白色背景,用基准高度的顺光照明,并且必须是软光不是相机上的顺光。还要用背景光(背景中间,人物挡住闪光灯),使人物的边缘产生深色的轮廓线。背景的亮度还应超过人物光线的半级到一级,并且曝光也要比常规超过一级。这是高调照的基本要求。

在制作时用淡色调。如果背景不够亮、淡,产生不了高调,太亮(亮过主光好几级)也会使面部发灰。这就像阴天用天做背景拍照 (不用闪光),脸部发灰。这就是通称反光。

阴天用白墙壁(最好小型一块)做背景,如果面前是草地,同样会产生高调效果, 因为光线若从天而下,如果面前是淡色水泥地, 或者白墙壁,面部就太平淡了。(图45)

▲图 46　低调照实例
①老人低调
②少女低调

65.怎样拍摄低调照？

被摄人物穿深色服装，用深色背景，用侧逆光位照明，这是低调的基本要求。如拍侧身、侧面，则光位在近肩面 50° 位置上投射，形成半面阳、半面阴的效果。如果采用 7 分面角度，则主光源在小半面投射，大半面全部阴暗，低调效果更佳。如果面向全侧与分面，主光源在110° 角投射（灯上需要加长罩，镜头上也要加防反光罩以免镜头见光），则面部额、鼻梁、下巴受光，这样受光面积太小。如果光源过鼻梁，鼻尖投影与阴面暗部相接，这便是 5 分面的低调。或者光位不过鼻梁，在同一光位的下端再加一个灯（低于肩部，不让镜头看见），这样，从额、鼻、下巴到头颈，连成一条自然条光，也是一种漂亮的低调。（图 46）

66.怎样拍摄白化照？

被摄人物穿淡色衣服，用淡色背景，用顺光。另外用一块约30平方厘米大小的白纸板，下装脚架，中间剪约12厘米长的蛋形圆孔，边缘剪成2厘米长的三角尖齿，放在镜头前面，可远近移动到化身适度为止定下来。如果是室内闪光，则化身板上也要照光到比衣服、背景淡些就可。拍摄时光圈要大。就可拍出一张看不见齿孔、渐变虚化的白化照。

化板的蛋形圆齿孔太大，势必离镜头远、离人近，这样齿尖会太清楚了，光圈收得小，齿尖也会清楚，会白化破相。（图47）

▲图47　白化照实例（下半化）

67.怎样拍摄黑化照？

被摄人物穿深色衣服,用深色背景,用侧光或侧逆光照射。用一块约30平方厘米大小的黑色纸板，中间剪约12厘米长的蛋形的圆孔,并剪成2厘米长的三角尖齿,放在镜头前面,移动到化身适度为止定下来。拍摄时光圈不能收小,就成为一张看不见齿孔而渐变虚化而没有痕迹的黑化照片。

化板圆孔不能太大,势必离镜头远、离人近,这样齿孔会像收小光圈一样清楚,黑化会破相。也可以做一只蛋形齿孔镜头罩盖（即喇叭形的深口、离镜头约15~20厘米）套在镜头上,拍黑化更方便。同样也可只化头面以下——半化,即剪成半圆形齿板。

黑化罩盖

用薄型硬纸做喇叭口式的罩子,约15~20厘米深度。罩的面盖上剪一蛋形齿子（如图）。内壁须黑色,以免反光。

罩盖和光圈大小有关。如光圈开大,会全面曝光,看不出"化",光圈小,如22,虽然有"化",但也显示齿的原形。因此一般在8左右为适当。速度按光圈定。但必须增加半级到一级的曝光量,因为罩盖有阻光作用。

68.怎样拍摄剪影照?

剪影照,只能拍侧5分面,因此须讲究面形条件,如鼻梁挺、下嘴唇凹、下巴凸。并且外景好,如松、柏、榆、棕榈等做陪衬,以美化画面。最好有太阳光,在日出后及日落前,有彩云更好。

被摄人物在树边坐或立,要有动态,看书,或手拿乐器。拍摄时背太阳,太阳须给树或人遮住。曝光应按空间——天的亮度。这样就能拍成一张人和树都是黑的剪影照片。(图48)

▲图48
　①男女合影(快要下山的太阳对镜头)
　②晨读(人物挡住刚升起的太阳)

69.怎样拍摄两底合成照？

在拍照时常看到很好的可做陪衬的树,但这树太高,或者人物没有适当的立足点,无法把景和人拍在一起。这时只有采取两底合成法。

(1)深底淡景拍法。被摄人物以较深暗的景物为背景,上端留有陪衬余地进行人物拍摄。再以深暗的背景拍一张下端空余的树景,最好是晚上用闪光,光位按照拍人物的射向,拍陪衬物。这样两张底片合起来洗印或放大,就成为一张有树或花的外景人像照片。用数码相机拍的同样可用电脑制作。

(2)淡底深景拍法。被摄人物选择淡色的背景拍摄人物,再以阴天(可以淡)做背景,拍摄做陪衬的树或花,下端要留有人物位置的余地。在制作时,先用一张与制作照片同样大小的白纸,将人物底片按需要大小对好光,并在白纸上画好大体的人物轮廓,然后复上相纸曝光人物,再换景物底片在画有轮廓的白纸上,再复上人物已曝过光的相纸(相纸上下不能搞错),进行第二次景物曝光。这样就成为一张淡色空白区的外景人像照片。(图49)

数码相机拍的用电脑制作更方便。

相比之下,深底淡景的比淡底深景的效果好。

◀图 49　良宵

　　是两底合成——人物与柳树。因为没有这样的景物，人物与景物都是用闪光逆光拍摄的，两底相叠而制作成主体与陪衬。而月亮是用黑白片拍摄圆孔，因此实际上是三底合成。

70.怎样拍摄分身照?

分身照,即一张照上两个人都是自己本人的一种特技摄影。

其方法是:用薄硬纸做一镜头罩盖,伸出镜头玻璃约 1-2 厘米,最好是略带喇叭口的(以免画面边缘受遮阴),再用薄硬纸按口大小切去 2/5 封在盖上。这样 2/5 透光,3/5 不透光。拍摄时光圈收到 8,因为有 3/5 的阳光,所以曝光要慢 2 级。假设先拍左边,曝光后镜盖翻个位置,人到右边再第二次曝光,即成。

说明:(1)罩盖内壁须用黑色以免反光。(2)罩盖的通光区只能是 2/5 并会逐渐虚化,不能一半对一半。即便是 2/5 的通光区,开大光圈也会全面通光。当光圈收到 8 时,阻光区 2/5,通光区也是 2/5,并逐渐虚化到阻光区。因画面中间是半通光,当第二次曝光时,中间半通光区是两次曝光——补尝。如果光圈小到 16-22,则 3/5 的阻光区与 2/5 的通光区隔离线有十分明显的痕迹。(3)分身照最好是用能两次(或多次)曝光的相机,如用 135 相机,则在拍摄前用退片键将胶片退紧,在第二次曝光时按一下相机底部的退片钮,则卷动卷片板手时一手按住退片键,片就不会卷动。(4)相机必须装在牢固的三脚架上。(5)拍分身照最好在未装胶卷之前将相机装在三脚架上,打开后背 B 门,锁住,用拷贝纸贴在感光屏上,罩上罩盖,让人物左、右试镜。光圈大小适当,观察明白后再进行拍摄。(图 50)

▲图50 一人双影（两次曝光）

71.怎样拍摄重叠曝光照？

是通过两次曝光,在同一张画面上产生两个自己的形象。也是分身照的组成部分。

以拍摄"两人"双半身为例。具体方法是:用黑色背景在曝光前用退片键将片拉紧。假设先拍左面一个人穿黑衣服,人坐定略向右侧一些,在左侧上方照光进行第一次曝光。然后一手按住退片键,一手在相机底下将退片按钮揿一下,转动卷片键上快门。被摄人物再换一件白衣服,如女性,头饰也可改换。再坐下向左略侧,并且略矮一点在印象中与第一人右肩相叠,还是左侧上方光照进行第二次曝光。一张姐妹或兄弟合影成了。

因为是黑色背景,第一次曝光穿黑色衣服,因此两肩有一点重叠是很自然的。如果第一次曝光穿淡花衣服,"两人"左右肩的相叠就会产生花纹。同样,如果不是黑的背景,那么两次曝光人的脸都会发灰,像胶片走光(图51)。

▶图51 用深色背景,第一次曝光穿深衣服,然后将衣服脱掉,在同一张底片上进行第二次曝光。

72.怎样摄制"浮雕"照？

浮雕照,是平面的画面上产生立体浮雕效果的照片,是由摄影与制作加工合成的。

一、摄影。被摄人物穿较淡色(不是白色)衣服,用淡灰色背景,顺光(硬光)照明,曝光略宽一级。二、加工。洗片后用黑白片进行拷贝,比负片略满一些。两底相叠并上下左右略微错位就可制作成照片——成为像壁上砖刻或石刻的浮雕。

说明:拷贝正片的密度不能太厚,太厚会产生负像;也不能太荡太满。太荡,浮雕效果会减弱(可以多拷几张选择)。用光上,如果用侧光,光比不能太大,太大会失去浮雕效果。不能用逆光,用逆光就不像浮雕。(图52)

▲图52 浮雕照实例

拍成高调的底片再用原底拷贝成正片,两片相叠,上下、左右略错位做成照片。

73.怎样摄制"木刻"照？

木刻照，是在照片上显示木刻的效果。

一、拍摄。被摄人物穿深色衣服，用深色背景。光照上用侧光或侧逆光，光比不宜太大，按正常曝光。二、加工。先将负片拷贝成正片，再将正片拷贝成负片。拷贝的负片上层次极少，制作成深色调照片就像"木刻"。

说明：也可用反差较大的制版片直接拍摄（不需拷贝）；拍摄老人，因为脸上皱纹多，木刻效果更逼真。（图53）

▶图53　木刻照实例
　　用原片（低调的负片）拷贝成正片，再用正片拷贝成负片（反差很高、层次少），再用再拷贝的负片制作就成"木刻"的样子。

墨兰 加工制作成的"木刻"
式照片(2002 年)

这是在老年职工大学摄影班任教时,在一次以兰花为课题的拍摄实习中与学员一起研究设计拍摄的。

(一)拍摄经过

在本院花棚里选择一棵吊兰(此兰淡绿色剑叶、叶的两边是深绿色),平摊放在已铺好在地面上的一张白纸上,再在草地墙脚边找了几块山石似的大小不同的泥块、石块,再摘一些细小的、不同形状的野草。大家一起反复摆布成像"山石上长出来的兰花"形状的构图。相机在 1 米高处俯摄。光线照明用柔和光,即用一张约 60 厘米方形的拷贝纸在贴近相机上端两头拉平,闪光灯在离拷贝纸约 10 厘米位置向下投射(使被摄物体无投影)。100 度彩色片,光圈 8,快门 1/60 秒。

(二)加工制作

因为片洗出来一看色彩、影调都很不理想,既不像摄影又不像儿童铅笔画,经研究决定再加工。用低速度黑白拷贝片印成黑白正片,再用此正片拷贝成负片,这时中间层向两极分化——反差大了。放成照片,提名"墨兰",有"木刻"式情调。

74.怎样摄制"素描"照？

素描，是通过摄影在照片上显示像纸上绘画的素描效果。

一、拍摄。穿淡色衣服，用淡色背景，顺光或光比小的侧光照明，按正常曝光。

二、制作。先用负片拷贝成正片，再用正片拷贝成负片，用拷贝的负片制作淡色调照片就会产生"素描"效果（图54）。

▶图54 素描照实例
用高调的原底拷贝成正片，再用正片拷贝成负片，成反差高、层次少的负片制作照片成"素描"状。

4

风光摄影

风光摄影

75.怎样拍摄山水？

国画中有山水画，摄影上也可拍山水照。

(1)群山。山连山，从左到右高低起伏，山叠山，一层叠一层、一层淡一层，最远看不清层数，山天一色。近处一棵树最深，由深到淡。这种层次透视感十分强烈。

(2)云山。在这山看远山，山中有云，云中有山。有些山与山之间像一条河，实际上是云"河"。有些云间下面还有隐隐约约的青绿色像河水，实际上是云盖着的高低山群。上面还有"烟雾"但是一下子这边又烟消云散，露出奇山怪石，像插在笔架里的一支支长长短短的笔。有时山尖上一块大石头，看上去摇摇欲坠，实际上千万年来，历经狂风暴雨，纹丝不动。像有一种倾斜的"笔尖"，上端"挂"着一把"金交椅"，多少年来"没有人去坐"但也不倒下。过不多久别处出现云海云河，把另外几座山盖住。总之一天之中像在看一幕一幕的戏。

拍这些山，不仅要寻找立足点，还得花时间去观察、等待。

(3)瀑布。有些山有很多瀑布，如庐山就有很多大小瀑布从半山里挂下，也有从山顶挂下，"飞流直下三千尺，疑是银河落九天"。在拍摄时近景遮住瀑布底下尽头，可以叫人觉得这个瀑布下面还有很长挂下。

　　(4) 山与路。山间的小道弯弯曲曲,很有线条美,并且山路间还有男女老小上山。虽然现在电动吊车可以上山,但不少人还是喜欢走看山景。山间有人家,使人觉得住在这里真是"天堂"。有些山上还有庙宇,还能隐约听到和尚念经和木鱼叮咚声。像泰山走到中天门,还看不到南天门。弯弯曲曲走了很长时间,走上一条直而宽的山路,抬头往上看就是南天门。远看上去有几座庙,略带侧一点仰拍是一个很美的镜头。

　　(5) 河山。近景一条河,远景是云山,中近景荡来几条竹排游船,船上还有游人,这就成了一个很美的镜头。(图55)

◀图55　山水风光实例
①湖南武陵源山景
②假山上的瀑布

②

76.怎样拍摄园林风光？

在公园、家庭花园拍照，要选择某一处代表性的建筑物做注目点，即主体、中心。如红柱绿顶或黄顶的亭子，或长廊等。亭子或长廊里最好有人在聊天或业余唱戏，才有活气。树木花草为陪衬，中景为一块草地，或一个池塘做空间。草地上最好有几只飞鸟，一会儿一轰而飞，一会儿又不约而同地下地；池塘中最好有水中花草。近景可选一些花草，而花草最好与空间有一定的对比度。太阳光最好在侧射光位。（图56）

▲图56　园林风光实例
　①公园掠影　　②凉亭小憩

77.怎样拍摄有太阳的照片？

拍太阳最好在河边,能有水中波浪倒影,太阳才产生晶莹、拖长的反光。如果水面平静可以选几块砖石或泥块抛进水中,以产生波浪，水中的太阳就成晶莹的反光。太阳的近旁挂有根柳条那最好，或有一小撮树枝也可。水中的中景以远有几条船在摇,或近有几只鸭或鹅在游为妙。

说明:(1)太阳刚离开地面(或水面)时特别快,在几秒钟内就离开地面,光强度变化也特别快。这时太阳对镜头不会有反光。

▲图57
①晚霞　②上海外滩早晨

②

在 5 分钟内可拍摄,10 分钟后就有反光反入镜头，会产生浑光。
(2) 拍摄太阳的水面都是深色的,但船的沿上,鸭子的背上都有线
条状的反光。 (3) 曝光须增加 1—2 级使环境有层次。 (4) 在制作
时,太阳部位在相纸上要增加曝光量,整个照片可略深些,但不可
过深,否则就成为夜景,太阳像是"月亮"了。

另一种拍法,把太阳拍成满幅,这就要用 800 毫米左右的镜头
(太阳初升有时大,有时小),最好选择中景以远有一条横的走道,
上面有隐隐约约深色的行人、车马,或湖海中有远景的船。这样这
个大圆的太阳就不会有"孤单"的视觉感。拍有太阳的照片,有时
需要等待。一等晴天 (因为拍太阳,常遇到阴天或太阳露脸已是上
午 9、10 点钟等情况) ;二等时间,需要赶在日出前到目的地;三等
云彩,有时候太阳旁边有几块或几条云彩,会非常漂亮;四等季节,
有时看好一处景点,需要太阳做主体或陪衬,可太阳位置不当,要
等待。等太阳位置,有需要几小时,几天,也有要等季节。(图 57)

78.怎样拍摄街道？

拍摄街道,总是以商店、公司做主体。选择有代表性的商店或公司做近景,以不等式斜角视向,在人行道上,或近人行道的马路上,在影像小的远景的一边选择一盏路灯(最好是花式路灯)来均衡画面。

▶图 58 街道实例
①大城市的高架马路
②上海南京路
③小县城街道后门

中景以远可以看到车辆行驶，人行道上的行人必须在中景以远。更不能有人看镜头。

城镇小街，可以在街中间用对称式取景。行人同样只能在中景以远，以免干扰画面（图58）。

79.怎样拍摄高楼大厦？

大城市高楼林立，拍摄方法如下：

（1）在地面上仰摄。中景以远都看不到。高楼呈下大上小的变形，给人以比实物更高的高耸入云的视觉感。如果左右两幢楼拍在一起，则都向中间倾斜变形。这种变形一般是不可取的，除非有特殊要求。

（2）登高拍摄。假设一幢26层高楼，在对面13层楼拍摄，则可以看到大楼后面远景，也可看到楼前的景，大楼从上到下不变形。如果登得更高，如在20层或楼顶，势必镜头向下俯摄，虽能看到更多的远景，但大楼上大下小，若是两幢拍在一起，都会有相向倾斜的变形。

▲图59　高楼大厦实例
①居民区的春江大楼
②城市大楼鸟瞰
③仰摄的大楼就有变形

(3) 使用能升降镜头的摄影机。把相机放平,如果在地面上仰摄,只要把镜头升高,在高处向下俯摄,只要把镜头下降,就能使楼保持上下笔直不变形。(图 59)

80.怎样拍摄海湖景色？

人立在海岸上，或立在湖边观望，海里有大轮船、机帆船，湖中有渔船、民船，很是悦目，真是心旷神怡。如果就这样拍下来，照片上看也不过如此，没有现场好看，因此要进行选择取景。

（1）拍海。太阳在一边露出海面时，在中景以远的另一边等一

▲图60　海湖景色
①青岛海滨　　②千岛湖畔

只大的机帆船做主体，远景有小的帆船、轮船做陪衬，海面、天作为空间。太阳既是陪衬，也是作为均衡画面的一个点。这样就成了一幅美丽的海景。

(2) 拍湖。近景选一棵树偏于一边，或者也可选择一只中景以远的大帆船，岸边可选择野花野草。（图60）

②

81.怎样拍摄水浜景色?

江南农村,河叉纵横,有东西向的,也有南北向的。河中有二三座桥,近河口的为外桥,近河底的万里桥,长的河还有中桥。河的两边都是民宅,通称河东、河西或河南、河北。春季,桃红柳绿,竹园茂盛,田野里金黄的油菜花,农民在田里插水稻秧苗;夏季油菜籽成熟在收;秋季稻熟收割有机器、有人工;冬季,村上有梅花飞香,家家门前晒着鸡鸭鱼肉。

▲图61　农村景色
①沿河人家　　②插秧,但大部分地区已用机器插秧、收割

拍摄河东,可选一漂亮的村舍为主体近景,镜头向西南斜角,以油菜花田为空间。场面选半棵桃树或其他树为陪衬。村边有人走动,场边有鸡在寻食。

拍摄河西,也可选一村舍为主体,取向南偏西的摄角,河浜为空间。在河边选几枝翠竹为陪衬,以均衡画面。河中有船(中景以远),有鸭子或鹅在游。河埠头最好有人在洗涤衣服或用具,对岸有人走动。

也可以河中一条船为主体,河浜为空间,须事先选择盛开的桃花或竹枝做陪衬,远景有一座桥,突出"水乡人家"的情调。(图61)

②

82.怎样拍摄焰火？

节日放焰火，吸引不少摄影爱好者。

拍焰火，相机须装在稳定的三脚架上，因为要慢曝光，所以相机不能摆动。

以焰火为主体，下旁民宅灯火或商店、公司的霓虹灯为陪衬，都应是远景，或中景以远。要有观焰火的群众，几个孩子扒在栏杆上拍手而开心，焰火才更有活气。

相机要在一定的高度。先看几次，捉摸焰火的高度，然后光圈11，用B门。当听到"砰砰"焰火声上升时打开快门，等焰火灭了再关快门。可以连拍几张以作选择。

83.怎样拍摄房间？

房间拍得漂亮，不在于装潢而在于选景摆饰。

比如一间约 20 平方米的房间，有写字台、台灯、笔架、沙发、茶几、电视机，窗台上有盆花，墙壁上有画、照片等，须花时间摆设。可以将写字台做远景，也是主体。窗的外面远处最好有几棵大树，或对面有一幢大楼，这样窗就不至于平淡。

最好用广角镜头，不仅可以多一些陈设进入画面，而且可以使房间显得深、广。相机处于门口侧角。

相机上设一闪光，另外再设两个闪光，都装引闪同步器，一个向天花板照射，灯头偏向写字台，一个灯头向另一边的墙壁照射。两个闪光可放在同一个部位，但须在镜头视角以外，以免窗光太亮、房间太暗。这样，光线既柔和，房间又亮，并且不使窗曝光过度（图62）。

图 62　18 平方米房间用广角 28mm 拍效果有 30 平方米之广

84.怎样拍摄夜景风光?

夜景,别有风味,拍得好比现场还好看。

(1) 街道。不宜太宽的马路。选择一霓虹灯漂亮的门面做近景。在马路对面斜角度拍摄,成近大远小的透视面。在相机同一边的店家取其一角,这既是陪衬,又是均衡。

(2) 隔河景观。河对面,一幢明亮彩灯的建筑物,河里也有五颜六色的波光倒影。

(3) 宝塔。选有彩灯明亮的塔,晚上比白天好看。宝塔做远景的主体,旁边还有比塔矮得多的店家霓虹灯,近景有短的花树做陪衬。因为塔光照不到近景,所以放闪光照明。

因为塔偏于一边,所以另一边最好有一个月亮。若无月亮,可以假造添上。

夜景曝光须过度 1—2 级,才能充分显示层次。(图63)

▲图63

①城市高架十字马路

在 18 层楼俯摄马路夜景,由于用慢速度曝光,马路上汽车都模糊不清,只留下汽车灯影子。由于居高俯摄,楼房都向外仰斜。光圈 8,曝光 3 秒。

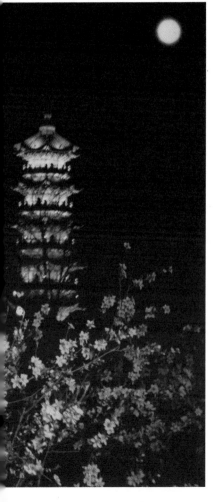

②古塔新辉

（1）拍摄过程

上世纪 90 年代初的一天晚上，在自家楼上发现西南角远处有一不太清楚的发光建筑物，出于好奇用望远镜观察了半天，似乎是一座宝塔，猜想可能是龙华塔。休息天，骑车去龙华塔，还正巧，正逢庙会期间。一打听才知道龙华塔上装上了彩光灯。但是白天看宝塔也不过如此，没什么新奇。于是有了到晚上再来看个究竟的想法。等到天黑彩灯放光，感到很新奇、漂亮，决定摄影创作。第三次白天去观察寻找取景点。在龙华公园内，发现好多盛开的桃花（曾经有名的"龙华水蜜桃"），龙华塔和桃花有着密切关系。选择一棵有起伏的花枝，并能与园外对马路的龙华塔相接的桃树做近景——陪衬。在桃树的 1.5 米开外处有一棵香樟树，在树的半桠叉处可作为立足点。到公园办公室商量，取得了"公园关门后在园内拍照"的准许，并请园林工人在樟树半桠钉一块小木板作为照相机架，再借了一把矮梯。太阳下山前先架好相机，等待天全黑宝塔放光。

（2）曝光

135 相机，变焦镜头。光圈 22（使宝塔和桃花都清晰），曝光 12 秒，同时用手控放 4 次闪光，以使桃花取得足够的曝光。另用黑白片拍月亮，200mm 焦距，光圈 5.6，曝光 3 秒。两底相叠制成了这幅《古塔新辉》。

85.怎样拍摄有月亮的景色？

月亮可以作为主体，也可用来给需要月亮的夜景配用。方法如下：

（1）可用黑白片在夜晚直接拍摄。开大光圈，用 1−2 秒曝光，要过度，能产生晕光。然后将片叠在需要月亮片的后面，制作成照片。

（2）用黑纸剪一个圆孔（要剪得整齐）或月牙形孔当"月亮"，孔上贴一张拷贝纸。闪光灯约离 5 厘米遮一张拷贝纸。距"月亮"约 40 厘米照射。用黑白拷贝片曝光（拷贝片感光较慢，约比 100 度片时间增加 5−10 倍），并且要曝光过度，让"月亮"产生光晕。然后将片与须制作的底片的反面叠在一起即可制成（图 64）。

▲图64　月亮景色

　　农历十六（月亮最圆）夜晚，正好大桥亮灯，等到在这个位置上开始曝光。光圈8，速度2秒，由于曝光过度，所以月亮边缘有光晕

夜泊 月光皎洁、江畔停舟的夜景照

(一)解析

一位摄影爱好者看到这张照片惊异地说:"是一张油画?!!"说明这张照片有吸引人的魅力。"夜泊"中皎洁的月亮映入江中晶莹的水波和船上点点灯火及水中的波影是首先抓住观者视线的吸力点。照片运用了对比法:暖色的月亮、水波和渔火、倒影大、小水波多少的面积对比。对比,最能起醒目作用,正如音的1-7、5-5的音响节奏让人感到悦耳一样。有吸引力的照片不仅不会使人看后过目而忘,它还能激发观者的联想、寻味:这月光水波告诉人们"明天将是晴朗的好气象",船上点点灯火,或许是船艄上烧饭炒菜行灶(一种土制或瓦器的可烧柴的小灶)里的火光,也可能是船上人家正点着油灯在船头吃晚饭,配着酒菜颇有兴趣地喝上两盅,一天的劳作辛苦全化解在这悠闲安谧的气氛中。水上人家别有风味,大有"让我也到船上去看看"的诱惑力。月亮波光、灯火水影构成一支美妙动听的"渔光曲"、"江柳渔火对酒聊"。

(二)拍摄过程

乡村的一个傍晚,在回城旅馆时走过一顶桥,在河口停着几条船、撑着篙,觉得有"渔家"风味。这条河是通向前面一条大河,我问还没有收工的农民:"大娘,前面那条什么河?""黄浦江呀。"黄浦江在上海呢,对,这里也是属于上海县的。好奇地坐在桥杆上看,产生了各种联想:如果晚上船上点火,或者有月亮那就更好了。看看天色将晚,就奔过去再问:"大娘,你知道晚上有没有月亮?"老大娘想了想:"今天17(阴历),有的,不过要晚一点才出来。"大娘要回家去了。

天黑了,船上点了灯,水面上产生倒影。好奇地等呀等。约8点钟光景,大河对面有一小块白亮,不一会月亮真的出来了,"啊!太美了",不过太低,倒影也不明显。既来了再等吧。这时候,把相机里的100度胶片卸下来,装进400度的快片。到8:30,月亮升高了,江水里倒影也拖长了,这时桥下正好又有一条船往江中摇去,马上就拍,用80mm焦距,2.8光圈,1秒、1/2秒、1/4秒连拍几张,结果1/2秒的比较理想——"渔光曲"、"夜泊"就成了。

86.怎样拍摄拼接照片？

有一些很美的环境，但是角度太广，连广角镜也不能全部拍下，只有用拼接的方法。其方法是：

（1）相机装在三脚架上，并且要平视，不能仰或俯。

（2）拼接处的接头要尽量少，并且拼接处最好是树木，避免在建筑物上产生破绽。并且下面最好是草地，这就不容易显露痕迹。按照此方法可以三接、四接。

数码相机拍摄的用电脑拼接也可以"天衣无缝"（图65）。

▼图65

①上海龙华＼景色(三拼接)，左为层楼长廊，中为龙华宝塔，右为龙华寺庙

②上海黄浦江畔夜景——左为东
方明珠电视塔,右为海关钟楼

5

→
→
→
→

动物

→
→
→
→
→
→
→
→
→
→
→
→
→
→
→
→
→
→
→

动 物

猫有很多动态：(1) 舔脚"洗脸"。经常看到猫往前脚舔一舔，脸上揩一下，再舔一下，再在脸上揩一下。(2) 唬脸。猫有时会翘起两边的须，张大嘴，露出四只牙齿，像老虎。这就是唬脸。一般是碰到了凶的狗会唬脸，还有把它绑起来，用一根竹子假装打它的样子，它也会唬脸。(3) 母猫在窝里生了好几只小猫，小猫在吃母猫的奶，母猫在舔小猫的身体、头，这是一种母爱的表现。(图 66)

▶图66

探听动情

在一条小街上的一家小杂货店里养着一只白猫,而且是红眼睛的,非常神气。想给它拍照,但心中没有底。一天又看见它在一堵白墙壁旁边 "洗脸"（舔了脚底再往脸上揩）,灵感来了:给它拍一张"高调白猫"。

拍摄点,是在一间通天井的小厅里,用一块白布拉挺,用图钉钉在门框上,天井光照在白布上等于白背景上加光照。在厅里离背景约1米距放一只方凳。叫主人把猫放在凳子上。猫一坐下来就舔自己的胸部。相机的距离、焦距都准备好了,叫旁边的人先用脚在地上重重地蹬一下再装老鼠叫的声音。当它竖起两只耳朵正在听得十分有神时揿下快门,同时相机上闪光灯一亮,快门"咔嚓",猫就逃走了。

曝光,相机上的闪光灯,光圈8,曝光1/30秒。

88.怎样拍狗？

狗曾经是看守门户防贼的一种家畜，可现在在大城市里都成了宠物。拍摄方法如下：

（1）狗趴式。即狗双前脚趴在地上，张着嘴，舌头拖在外面，两眼东看西看。太阳逆光照在狗身上，狗毛上产生一种明亮的轮廓光，这是一种很神气的姿态。

▲图67

①它看到主人在吃东西，伸长了舌头也想吃，抓拍而成

②把小狗放在靠门口的桌上，先同它玩一回，叫旁边的人装狗叫，当它听到汪汪的叫声，头马上探听动情

(2) 小宠物狗两只前脚悬空,头向上,像在讨东西吃。这是一种宠物小狗。早上迟一点给食,拍照前先看好光线、地段,叫另一人手提一样小狗平时喜欢吃的东西逗它抢镜头。

(3) 闹玩。两只小狗互相拥抱,厮咬,是一种亲热。选准好看的动态抢镜头 (图67)。

89.怎样拍鸡？

在大城市看不到养鸡人家，农村居民却几乎家家养鸡。

（1）母鸡。先在窝蹲着，肚下有 10 个蛋，约二周后孵出一窝小鸡。几天后它就带领小鸡在草地里走（养鸡场的小鸡都是用电热孵出来的）。当母鸡找到几粒可吃的小谷或小虫，就会"咯咯"呼叫，小鸡就会奔过来抢着啄吃，吃光了又各自散去玩。当母鸡发现天空飞过一只鹰或喜鹊，就会怪叫一声"紧急警报"，小鸡都赶快奔过来钻在母亲的肚皮底下。当天上鹰飞过以后不见了，母鸡就立起来。有时候母鸡觉得孩子们累了，又"咯咯"地呼叫着，小鸡又都钻在母鸡肚皮底下休息。天快黑了，母鸡又咯咯地领着小鸡走进窝里。这是天性，母鸡会呼唤，小鸡会听话，特别是"紧急警报"小鸡都懂。

　　摄影者可根据鸡的这些动态规律，选镜头拍摄。

　　(2)公鸡。长得比母鸡大，而且漂亮，头上有高高的鸡冠，是鲜红的，身上的毛常有多种色彩，有黄、黄间夹黑、黑中夹蓝、绿，尾毛多、长，翘而弯下。特别喔喔啼的时候挺胸仰头十分神气。

　　拍公鸡，最好拍啼的姿势，但是在平地上拍趣味不足。因此要下一点功夫，最好选一土墩，墩上有野花野草。用一只小盘，盘里放谷子，呼鸡上墩去让它们啄吃。吃到一定时间，好像公鸡喉咙会"痒"就会喔喔鸣啼，这时就可以抢镜头拍摄。很像"鹤立鸡群"。

　　摄影者须趴在地上，以天为背景，旁有野草、野花，还有同时啄食的大鸡、小鸡。等公鸡啼时抢镜头。如果是阴天则要加用闪光，以免主体发灰。最好有东方日出进入画面，并且要与鸡相对（也要用闪光）。日落前公鸡是不会啼的。（图68）

▲图68

鸡的实例

（一）**灵感**　在乡下看到一只母鸡带领一群小鸡在野外 "散步"。小鸡东奔西跑忙个不停，母鸡东啄啄西抓抓，像在寻找什么可吃的东西。一会儿抓到了一条小虫，便咯咯呼唤，小鸡立刻奔过来互相抢食母亲嘴里的一条小虫，太有趣了。正当小鸡玩得开心时，母鸡突然一声怪叫，走散的小鸡听到这"紧急警报"立刻以特快的速度一齐奔到母亲的肚皮底下。原来上空有一只鹰在盘旋。想起读书时同学们玩耍"老鹰抓小鸡"，而今天却有了真实的感性认识。奇怪的是母鸡怎么知道老鹰是敌人？而且还会发出紧急警报招呼小鸡，而小鸡又能听懂警报而投入母鸡的怀抱。所有这一切都没有 "专业受训"，真是天性！主人把鸡窝（是母鸡孵蛋生小鸡的一个破篓，里面填有干稻草）拿在外面晒太阳。母鸡看到自己的"产房"，跳进窝里咯咯叫着，小鸡也跟着跳到窝里，有钻在母亲翅膀下，有爬到母亲背上……把我看得忘记了时间，也就产生了创作灵感。

（二）**拍摄过程**　对于那些母鸡捉到小虫呼唤小鸡来吃，看到老鹰发出怪叫的警报，小鸡逃命避难的动态和声音，只有摄像、录音以及系列有声图像才能表现。要在一个画面上表现鸡的动态，是有难度的。三思后决定选择鸡窝为基底，让母鸡小鸡在窝里同乐为内容。把鸡窝搬到适合摄影光线的位置。候在摄点距离位置等待。约半小时后母鸡跳进鸡窝里，接着小鸡也先后进入窝内。可是小鸡没有耐心，一会儿又往窝外奔跑。结果与主人商量好：第二天早上把鸡关在棚里不要放出。把鸡窝放在约 70 厘米高的凳子上，先把母鸡捉起来放在窝里，谁知一放到窝里就立刻飞逃出窝。再想办法，把母鸡赶进房子里关了门，捉住了把它的脚绑起来，翅膀间也扎一根绳子，放进窝里，服了，再把小鸡一只只捉进窝里，小鸡不服，爬到窝沿上向下看，不敢跳，回窝。正当又有两只小鸡爬上窝沿，母鸡回头好像在说"你们安静一点吧"，这时按下快门。

（三）鸡窝放在背着阳光阴暗的墙壁前，并相隔 2 米之远（使树草模糊）。这样照到阳光的主体——鸡就显得明亮，与背景成明暗对比，突出了中心。深暗背景也就成了空白区。

（四）**光线**　自然光，春季上午 8 时太阳逆侧投射光。光圈 11，快门 1／30 秒。

90.怎样拍鸭子?

鸭子多在乡村,河浜里经常看到成群的鸭子在游动。

拍鸭子要先在河浜边选择几株有阳光照着的柳树, 在树倒影成深色水面的映衬下,柳条金光闪耀,看好位置等待阳光照过来。这是陪衬,河浜水面为空间。待几只鸭游过来做主体。农村河浜里,鸭是不稀奇的,但有时一只也看不到,故需耐心等待。即使有鸭游过来,往往看到人就不敢近前。可给它们抛食,它们会过来抢食,有几只鸭还会潜水到河底去摸。摄影者应尽量在隐蔽处。当然,也可以先把鸭子放笼子里,到拍照的地方放出来,让它们下河。

也可找到农家请主人放鸭。当鸭子一放出来,都抢着下河,鸭子先吃一口水,接着洗头、洗翅膀,有的立起水面,展开两翅扑扇(像人伸懒腰)。这时摄影者要抢镜头,最好抢住扑扇翅膀的动态。

91.怎样拍摄燕子？

春天,在农村民宅廊檐的横梁上,常看到燕子筑的窝,母燕子在窝里下了蛋。小燕子孵出后过几天就会张着嘴要食吃,母燕、公燕轮流在野外捉小虫来喂小燕子。母燕或公燕捉来小虫,先在窝边停一下。小燕子知道母亲来了,大家都张大嘴叽叽喳喳地叫。母燕子把食物塞进一只小燕子嘴里后又飞去寻食,等一会儿公燕又衔着虫来喂。这些动态非常生动。

拍摄方法:先看好燕子的动态位置,将一个闪光灯接连相机线绑在离燕窝 1 米以远的梁上做光照,因燕窝在廊檐的贴梁上光较暗。摄影者提相机蹲在一定高度,躲在较隐蔽位置,抓拍"母喂子食",把老燕子和张嘴的小燕子一起拍进。也可拍摄老燕子将到的时候。

92.怎样拍摄鸽子?

在公园里常看到成群的鸽子,其中有领头的向导,一起在草地活动,一起轰飞。

拍摄方法:(1)拍群鸽飞翔。摄影者坐在尽量靠近群鸽的草地上,叫人吆喝一下,鸽子群起飞,抢镜头。(2)拍一只鸽子的特写。常有游人戏鸽,手里拿一把谷类食物,鸽子会飞到手上抢吃。有些公园里有卖1元钱一包的玉米,是卖给游人戏鸽的。摄影者候好机会可用1/250秒的速度抓拍一张满幅鸽子。

93.怎样拍摄蝴蝶?

蝴蝶与花有缘,有花的地方常会看到蝴蝶。小蝴蝶,单色的,有奶黄色、白色……大蝴蝶多彩色,有黑底白圈、白里夹紫等等,比较漂亮。蝴蝶动作很快,常常在花朵里停一下,马上又飞到别的花蕊上去。

摄影者相机手提,宜用长焦距镜头,等待时间,选中某一蝴蝶跟随拍,对光动作要快,用1/125−200秒快门速度抓拍。(图69)

◀图69　蝶恋花

镜头上加用近摄镜。在0.2米的距离定焦(不允许对焦),跟踪追击。

1/60秒抢拍,一个翅膀清晰,一个翅膀有动,正好是一清一糊。动静相间别有情趣。

背景的花、草,要虚、淡。如果深、实,就会干扰主体的醒目。

94.怎样拍蜜蜂？

蜜蜂也跟花有缘，它们大多集中在桃花、李花、菜花等花丛中飞舞、采蜜，并且东点点、西嗅嗅，动作很快，而且发出"嗡嗡"的鸣声。

拍蜜蜂，相机手提，并且加用近摄镜，可靠近蜜蜂，用定距跟追飞临花蕊时的蜜蜂，用1/30秒速度抓拍。（图70）

▶图70　蜜蜂

蜜蜂，其动作速度特别快。在油菜花丛中这里停一下，那里点一点。来不及调焦。镜头上加一近摄镜，距离约20厘米左右，光圈22（因为不能调焦，只能加长景深）用1/30秒，追踪抢拍。

由于近摄，蜜蜂和油菜花都放大了。因为1/30秒，所以正要起飞的蜜蜂翅膀先动，也就模糊了，但也不难看。如果再等半秒钟蜜蜂身体也动糊了。

蜂恋花

在一小块油菜地里，开了几朵花，想不到大城市里也会有蜜蜂闻香而来。镜头上加用近摄镜，跟踪追拍。

由于加上近摄镜，所以蜂和花都比原物大好几倍。

95.怎样拍虾？

拍摄方法:选一只较大的白色方盘,盘里盛水。盆内放一些成串形的水草,夹几朵花并下面放几个鹅卵石,选择较大的虾,放在水盆里,最多7只,要有两只长大脚。无太阳直射的自然光。拍摄时相机用三角架撑住,在盆的中央、向下俯摄。用筷子把虾赶成三三两两、前后错落的形状,适时抓拍。(图71)

◀图71 虾趣

在大白瓷里,倒上水,把买来的活虾放在盆里,用筷子拨动它们,取得理想的排列——构图,再放几根草做点缀。

如果在河滩边上现场拍,则虾和底色混绕,不能突出立体感。

96.怎样拍金鱼？

拍摄金鱼有两种方法：

(1) 金鱼缸拍。鱼缸里的金鱼比较漂亮，花式多。喜欢哪一种，由摄影者选择。拍摄时，应新换水，鱼缸玻璃清洁、水透明度高。用焦距较长的镜（100毫米以上）。相机装在三脚架上，但要能左右旋转，便于跟踪。闪光灯一个在侧光位置投射，不能装在相机上，以免鱼缸玻璃强烈反光而看不到金鱼。当看到适当位置时按动快门，同时闪光。

(2) 池塘拍摄。有些公园池里有金鱼，这种金鱼比较大，属于鲤鱼品种，色彩有金红的，金黄的，有黄黑白、红黑白花斑的。选择树木倒影的水面，但不能水底见天，水面要深色，这样金鱼看得清楚。中景以远的旗杆及靠栏观鱼做陪衬。用面包或馒头小块丢在近景的池中，引鱼过来，就可以拍摄。最好在鱼因抢食跳出水面时抢拍。

97.怎样拍蚂蚁？

蚂蚁是小昆虫，要拍得显眼。

拍摄方法：弄死一只苍蝇，最好是红头绿身的，放在有蚂蚁的地上（地面色越淡越好，可把蚂蚁映衬清晰）。不一会儿，蚂蚁就会成群过来把苍蝇搬到窝里去储藏。拍摄时镜头上加一近摄镜约200°，距离蚂蚁 5~10 厘米，就可拍出一张有趣的蚂蚁搬运图。（图72）

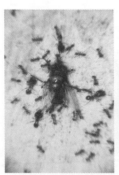

▲图72　蚂蚁的实例
　　用两只拍死的苍蝇，放在宅边的地上，几分钟后，蚂蚁来了

6

→
→
→
→

静物 →

→
→
→
→
→
→
→
→
→
→
→
→
→
→
→
→
→
→
→
→

静 物

98.怎样拍摄牡丹花?

牡丹为"十大名花"之一,有"花中之王"的美誉。春夏之交开花。花色有红、黄、白、绿、紫等色。

拍牡丹花,可选择一朵或两朵,也可以选两种颜色略有高低。旁边可放一些花草做陪衬,这样可突出主花。中景以远也可选些其他无名的花,深色而虚化,隐隐约约,是背景,也是空间,用侧光照,只照主花更显示"花王"效果。

99.怎样拍摄荷花？

荷花，是藕上长出来的，6月开花，开花后结的果是莲子。

在荷塘里拍，比较有选择。可选一朵盛开的花，再在旁边选一未开的花苞。空间是花叶。在光照上让荷叶不要有耀眼的反光，在太阳光侧光的照射下，可以再加一个只照荷花的副光。即将闪光灯绑在竹竿上，灯上再加一个罩筒，伸出去只照花，不照叶，这样主体就突出了。

拍摄时可用较长焦距，把花拉近。（图73）

▲图73　荷花　这是水浮莲的花，花好看但不生藕
　①笑逐颜开　②含苞待放

100.怎样拍摄梅花？

梅花在冬天开花。拍梅花重在选择摆布。

拍梅花要选苍老、弯曲的树干。花的布局要疏密相间，有花朵，也有花苞。最好拍盆景梅，经园艺师造型，上述要求都能达到，且树干不粗大，却"老"相毕露。

拍梅花，可以选红梅拍成中低调。用较大的深灰背景可以挡掉后面的不要进入画的花、杂物。用侧道光。也可选白梅花拍高调。用白色硬纸做背景，选择顺光，在白背景的衬托下，花瓣的边缘就有灰线条产生。照出来会像一幅"淡墨国画"。（图74）

▶图74　报春图

在梅花园里，看到许多漂亮的梅花，可要合乎理想的取景较难。最后在一棵大型盆景里选到，背景深暗的枝杈。而且还花好长时间等来了一只蜜蜂。

101.怎样拍摄兰花?

兰花春天开花,又白又香,还有其他颜色。兰花山上有,盆景也有。拍摄兰花不求名种,普通兰花也可以。可以在市场上选购一棵,再在野外选一块凹凸有轮廓的石头,并且石上要有小草,放在白纸的一头。兰花放在镜头相对面,石头挡住兰花根部,露出花和兰叶,再把白纸拎起成为连地白背景。这样可拍出像国画一样的"墨兰"。(图75)

▶图 75　兰香

从马路摊贩那里买了兰花,在家宅边选一块石头及挖了几株连根带泥的野草,扶在石旁做近景,再把兰花窝在石头边。最长而弯腰的一根对整个面起主线作用。构图完整了就拍下来。

▲图 76　一枝萧萧总关情

不少竹园里的翠竹，都是从中段到下都没有叶子。有一次好不容易在一个竹园的外口的一根粗竹旁有一枝野竹，仔细观察合乎取景要求。于是背景衬一张白纸，把它拍了下来。

102.怎样拍摄竹枝？

画的竹要比真的竹好看。

拍竹枝要求是上有叶，下有叶，中间偏下也有少量叶。但竹园里很多翠竹都是上端茂盛，中段以下就没有竹叶了。如果把别的竹叶剪下拿来装上，却又很快就会萎缩。

只有找到一根竹——主竹，近边地上有小的野竹。在主竹近旁挖一个坑，再找一枝有多叶的细竹，并较大面积地连泥挖出，埋在事先挖好的坑内，浇上水，这样就不会马上萎缩。用剪刀修去黄叶及不必要的叶子。如果需要，也可以买一两支竹简插在竹旁地下，再用一张白纸做背景，这样拍出来就会像一棵画的竹子。（图 76）

103.怎样拍摄菊花？

菊花秋天盛开,有黄、红、白、紫等色。盆景菊到冬天还开得很好,并且容易选择姿态造型。

拍摄方法：选有 1-2 枝黄色菊花的盆景花。姿势倾斜。侧逆光照射,背景虚化模糊。欲获高调效果,用白墙壁做背景,室外阴天。如果有太阳,则用顺光。（图77）

▶图77　菊花

在菊展中选了这朵构图舒适的花,并选择了深色背景。挖几棵野花放在下面做陪衬,不是为了均衡,而是使主体显得美观、突出。

▲图78　葡萄

走进葡萄园里，棚内挂满了一串串紫的、绿的葡萄，真是让人口馋。但这些葡萄和枝藤很难取景。因拍照要选择"J"形或"乙"形的藤枝"抱"着葡萄才好看。但这形很难选到。

新村巷子居民住宅区常能看到葡萄藤，也有搭了棚的（是居民吃了葡萄，把子核丢在宅边草地上而自然生长），虽然是野生的，但也能结出很好的成串葡萄。在一个居民宅旁发现了一枝"乙"形的，但背景杂乱，光线不理想（要选择顺光）。到水果店去买了两串葡萄，把"乙"形的藤剪下来挂在适当位置、适当光线部位，哪知没过几分钟这枝藤塌萎了。

最后还是到居民区，找到了理想的枝藤，买来葡萄挂上就拍成了。

光圈8，曝光1／60秒，相机上加闪光灯。

104.怎样拍摄葡萄？

秋天，走进葡萄园里，一串串紫的、青的葡萄在藤上挂着，很好看。但把它拍下来却并不好看。即使选择一两串形状、色泽比较理想的，拍出来也缺少韵味。

拍摄方法：选择一枝照不到阳光处向下挂并有弯钩形的葡萄枝叶，到水果店里去买一两串葡萄，挂在枝叶弯钩上葡萄不要太整齐，要有点凹凸起伏。也可用手摘掉一两颗，取得线型效果。拍摄时用一个闪光在顺侧光位投射，使葡萄上产生光点。也加点一个背光同闪，使葡萄产生透明效果。葡萄藤不能剪下，因很快就萎谢。

如果是紫葡萄，选用淡色背景；青葡萄，则选用深色背景；有青紫两色，则以靠外的一串选背景。（图78）

105.怎样拍摄西瓜？

　　西瓜，又甜，汁又多，大人小孩都喜欢吃，是夏季解渴的佳果。

　　拍摄西瓜，最好在瓜地里，选有一根或两根并叠的嫩藤，藤上要有小叶、蔓须，还要有两朵小花。再选一只有条纹、漂亮的大西瓜放在藤旁，还要傍一只小西瓜。西瓜相依形同"母子"。远景还有瓜和藤，因为距离远，所以用小而带一点广角（40-50毫米）的镜头拍摄。

　　注意事项：在摆布时，瓜藤不能剪断移动，因一剪断很快就会萎缩。但西瓜可以剪下搬动位置。

106.怎样拍摄蒸熟的螃蟹？

蒸熟了的螃蟹色泽血红鲜艳，适宜摄影创作。

设计：把蒸熟的蟹放在白盆子里（盆不宜太大），盆底垫白纸。一只蟹屁股对镜头，一只横放能看见嘴，并显示蟹的大钳式的螯。白纸一头撩起靠在椅子靠背上做背景。用两朵菊花，用聚式的一束光在背景上打出菊的投影（镜头不能看到菊花）。投影的另一边放两只不太高的酒杯，杯旁放一瓶酒。横式构图，酒瓶可不拍全，要突出蟹这一主体，酒瓶、杯子、投影为陪衬。

光线，可用常亮灯（即钨丝灯）照明。在菊花投影的同一边偏高照射，要在灯上加遮光罩，钨丝灯色温低，偏橙色，好看。（图 79）

▶图 79　菊黄蟹肥

蒸熟的蟹，成了红色比较好看，并且容易摆布。放在一只不要太大的盆子里，再用几朵野菊花放在旁边，并采用没有太阳直射光的软光，侧角度投射，使产生微量的投影，成为"菊黄蟹肥"的画面。

▲图 80　江苏无锡灵山大佛
　　　　雕塑像

　　大佛有 88 米高，下面观众
很小，正好与大佛成对比，更显
出大佛的高大。

107.怎样拍摄雕塑？

　　大型雕塑多在室外庭前、广
场、公园等处。雕塑大多是深色
的，也有少数是白色的。

　　外景的大型雕塑拍摄，首先
要观察大小高低、形象特征，从
而确定拍摄的角度，如拍正面还
是拍侧面，仰拍还是蹲拍等等。
然后是看背景和光线。室外拍大
型雕塑当然以太阳为光源。如果
是深色背景，可用侧逆光，也可
用侧光；如果以天为背景，可用
顺侧光。

　　要显示塑像的高大，则塑像
旁边要有人物。这既是陪衬也是
起与塑像大小对比的作用。

　　小型的雕塑，可在室内拍
摄，背景、角度、光线可随需要而
自由选择采用。（图 80）

108.怎样拍摄建筑物上的浮雕？

浮雕，是在平面的砖、瓦、石器上刻出凹凸的图案，如人物、动物、花卉等。

拍摄浮雕，主要是通过光线投射，如侧光光位，是再现浮雕的实用光位，不论人物、动物，是面在右的，应选左侧正光，反之，选右侧正光。这样面上才会出现一条轮廓线——投影线，浮雕就会突现出来。如果是顺光、阴天光，建筑物、碑、牌上的图案就"浮"不出"雕"来。（图81）

▲图81　等侧角度太阳光位置时拍摄，有立体感。如果是顺光或阴天就没有立体感了。

109. 怎样拍摄圆球物体?

一只圆的球或球形物体在平面的照片上,要显示出圆球的形状,主要靠用光效果。

例如:一个光源与相机同角度照射(或相机上闪光),就产生一个光点。这个光点是球面上圆的中心点,并且围绕这个点向周围逐渐淡化到深暗边缘,从而显示了球的圆。如果光源的侧光位照射,光的中心点就在光源的一边,也是沿这中心点逐渐淡化到深暗,还是有球的形。在照不到光的一边(光源的另一边),有一条明暗的交界线,这个部位,就显不出球的形,但人们的意念上还是感

▲图82

①软光 球形显著   ②硬光 球形不显著

到那是一个圆球——正光投射（或相机上闪光）。如果用两个光源，一正一侧，球上就有两个中心光点，则球的圆就分散了。如果用三四个光源照射，则球上就有三四个中心亮点，就成了七穿八孔的"破球"。因此拍圆球或球形物体，还是以一个光源顺光为好。硬光，中心光点小；软光，中心光点大。

球面的光洁度及反光性能不同，也会产生不同效果。例如：一个深色的、表面光滑的球，用一个光源正光照射，球上的光点两极分化，像一块圆中间出现了一个明亮的"圆孔"。如果前面是一扇窗光，则球上也有一扇小窗（因为光亮的球面像镜头一样会把物体缩小）。多灯光照就有多个光孔。因此，拍摄深色光泽的球面，须用一不太透明的拷贝纸，剪一个伸镜头的孔，在镜头上端照一个光源。这样球体上既有中心光点又逐渐淡化到深暗，就会出现一个深色圆球的影像。（图82）

110.怎样拍摄玻璃器皿？

　　玻璃器皿有两种类型，一种是刻有花纹的,一种是无花纹的。拍摄方法有两种：

　　(1)淡色背景。用顺光,器皿的边缘会产生深暗的线条。在光照时用长亮灯，灯定位在有从上到下的光条显现的位置。如用闪光,也就在这个灯位。(2)深色背景用侧逆光,左右各一。这样玻璃器皿左右上下含有明暗的线条。相比之下，还是淡色背景用顺光效果较好。（图83）

▲图83　用一个光源、软光顺光拍摄出的效果

111.怎样拍摄金属物件？

金属物件，指的是铜、铁、不锈钢、镀铬、镀镍等物件，诸如剪刀、镍钳、钢笔套、铁铗子等。这些物体受光照的部位发晶亮的光，照不到光的部位就成乌黑。可试用手拿一把不锈钢刀，动一动发闪亮，再动一动就乌黑，这就是受光照与不受光照的不同效果。

拍摄金属物体要有晶亮反光，避免出现乌黑。其方法如下：

用一块深灰或黑色的挺而不皱的布或纸，把要拍摄的物件放在上面，再用拷贝纸做一只围罩，上边中间开一个伸镜头的孔。光在罩外照射，这时，看见的被摄物体全是白的，像"白色塑料制品"，不像金属。再在罩的左边或右边开一个孔，光从孔中照射物体，受侧光照射部位就产生晶亮的反光。可用长亮灯光拍摄，便于观察效果，镜头上加雷登80滤色片或蓝色透明纸。

曝光：按物面亮照60%曝光，这样，被摄物体既不是深暗又有晶亮的反光——这金属物体比真的还好看。如果按照像"白塑料"这样的标准曝光，则晶亮的反光就不明显，倒像"白塑料"制品。

另一种拍法：把被摄物体放在阴天室外不用围罩，用一个侧光照射（闪光）。还是按照60%曝光。这比较方便，但必须在阴天。

112.怎样拍摄金银珠宝首饰？

金银珠宝首饰,是指珠串、项链、耳环、戒指、手镯等。

拍摄方法：用黑色布或纸 (不宜皱),把被摄物体放在上面。对光聚焦收小光圈 11-16, 快门 2-4 秒,B 门慢速度。

光照:用一只 40W-100W 的蓝色灯泡拿在手里,当打开快门时,灯光在物体上面兜 3-5 个大圆圈后在侧位置停住不动约 1/2 秒关快门。

这种光照兜圈的方法是使被摄物体上,左右前后都受光,而在侧位置停住是等于主光,并使首饰局部产生晶亮的反光。也可在阴天室外,按 60%曝光,一边加侧闪光,其方法与“拍摄金属物件”的方法相似。

7

→
→
→
→

翻拍

→
→
→
→
→
→
→
→
→
→
→
→
→
→
→
→
→
→
→

翻 拍

113.怎样翻拍画？

画有很多种类,这里只说国画和油画的翻拍。

(1)国画拍法。室内模式拍,用闪光,左右各一都向中间投射,这样左、中、右光线都均匀。另外,可以在室外太阳光下侧光位拍,直式、横式都可。如果阴天,则不能在露天拍,因为容易产生灰雾,而只能在大厅、廊檐下直式拍摄。

(2)油画拍法。室内用闪光,同一侧光位设两个光源,一个向中间射,一个射向对边的边缘做补偿光(不用副光)。侧光可以使油画的笔触产生光斑。(不能左右用光)相机上不能装闪光,以免产生反光,并且使光斑消失。室外,太阳光下侧光照射,同样能产生笔触光斑。(图84)

▲图84　翻拍画实例
①油画　②国画

114.怎样翻拍照片？

　　有些照片的底片找不到，或遗失，但照片有保留价值，只能翻拍。其方法是：

　　(1)光照。翻拍照片不能用顺光(包括不能用相机上的闪光)，以防止反光，特别是光纸。用光应在左右两边平均共用侧光，并且绸纹、绒面纸以软光为好。不能用单面侧光，绸纹纸、绒面纸也不能利用太阳侧光，以免纸面的痕迹明显（大光纸是可以的）。(2)质量较深的而且反差较低的照片，翻拍质量可以保持原照水平。反差高的、较淡的照片翻拍后质量较差。但电脑制作可以加工弥补。有些照片因年久或渗有水迹而部分面积有泛黄现象。翻拍时可在镜头上加橘黄滤色镜(或橘黄透明纸)可淡化黄迹。这样制作出的照片呈橘黄色，如果仍要黑白，制作时可以校正。(3)放大。小照片如1英寸、半英寸照片，翻拍时可在镜头上加用100°－200°近摄镜，将照片拍大。

115.怎样拍摄印有金银字图案的包装盒或图书封面？

拍摄多种颜色的书籍封面，须在室内无太阳直射的条件下进行。将平挺的书面正、侧、左、右地摆动，远距离观察光的均匀效果。如有某一部位太亮，可用挡板进行遮挡，当光线均匀时就可拍摄。必须注意的是镜头焦距要偏长，用较远摄距，并且在书面的正中拍摄，不能有偏差，以免成像后的书左右或上下大小不一。

116.怎样拍摄书页纸上背面受渗字迹的文字资料？

有些重要的资料，因为纸张薄，背面的字迹也看得出，会影响要拍的书面字迹，而要拍的文字资料很有价值，必须拍下来。

拍摄方法：在反面衬一张黑纸，就会将背面的渗透迹"淡"化，虽然要拍摄的正面底子因而略深了，但字迹却比较清楚了。

8

新闻摄影

新闻摄影

117.不是记者能拍新闻照片吗？拍些什么？

当然可以拍。你在生活中遇到的值得宣扬或暴露的人物事件、社会生活，都可拍下来，作为资料。事实上，报刊上发表的照片，不全是记者拍摄的，不少是摄影者投稿的。而且报刊上常有"欢迎群众投稿"的栏目。

拍摄的照片可当做自己的研究资料，也可送新闻部门。自己单位、所在的居委会、街道或地区需要这类照片，作为介绍、宣传或表扬、批评，甚至收入档案做保存资料等等。

拍新闻须随身带相机，并且要眼疾手快，错过机会太可惜。但有时某些场合会碰到"没有记者证不准拍照"的情况，这也不必强求。

　　1966年五一国际劳动节，我应全国总工会的邀请，以特约摄影记者的身份赴北京采访。早晨，刘少奇和朱德等中央领导同志来到中山公园和首都群众共庆节日，受到群众的热烈欢迎。刘少奇同志笑容满面地向群众挥手致意。我抓住时机，拍下了这一难忘的镜头。一个多月后，"文革"开始，我受到冲击，冒了很大危险，设法把这张宝贵的底片完整地保存下来。

118.怎样拍摄开会照片？

开会,有各种形式,如工作会、欢迎会、纪念会等。在场的摄影者在会前需要了解开会的内容及程序的安排。拍摄分台上、台下两部分。

(1) 会议台上。须用中焦以上的镜头及相机上闪光灯抓拍:①会议开始,宣布开会内容;②发言人在话筒前的发言,需多拍几张,便于选择(最好手有动势,不要低头读稿式);③坐在台上的嘉宾人物,用小光圈、慢速度,使远近清晰;④授奖、奖杯、奖状。

(2) 台下。用广角镜头,尽量登高处拍。相机架稳,利用现场光,慢速度曝光。①以台上会议名称横幅悬挂为中心, 台下要有发言人,台上带进部分群众。相机上加用闪光,因为坐在后排 (近景) 的人相对较暗,并且闪光照不到台上。②登在台上的某一角 (尽量攀高) 侧角度拍台下群众场面,不用闪光。③大会后的小组讨论会。每个小组都要拍到。(图85)

▲图85　开幕式会场掠影

119.怎样拍摄美善见闻？

在生活中,经常会看到各种好人好事。

(1) 义务维持交通秩序。手臂上戴着"协管"红袖章,一手拿一面不大的红旗,嘴里吹着哨子,在马路上协助交警管理交通。(2) 扶着不认识的老人过马路。(3) 有一位年轻的爸爸带着孩子在人行道上走路,孩子要吃冰棒,爸爸买了一根给他,孩子拆开吃,把冰棒纸随手丢在地上。爸爸叫他捡起来丢到垃圾桶去。这是文明的教育。(4) 某退休老人,每天教邻居孩子识字、看图。 (5) 老人早晨锻炼。早晨,在公园里、住宅区的花园里经常看到一群老人锻炼,有太极拳,有扇子舞(女性)、交谊舞等。(6) 帮走失的孩子找妈妈。一个孩子走失了在哭,嘴里不断地叫"妈妈"。一位过路的好心人帮助孩子找妈妈。找到妈妈后,母子团聚,妈妈感激道谢。(7) 某居民区挂着一块牌子,写着"救灾物资接收处",不少居民手里拎一捆或提一包各种衣服交送,有时还排着队。(8) 好老师访问学生家长,医生下小区、里弄,为居民看病,家属感激送锦旗。 (9) 种田的农民研究水稻新品种,成了农民科学家……(图86)

▲图86

①母女情　　②晨练——太极拳　　③爱书的年轻人

120.怎样拍摄不文明事件？

社会上有些生活事件,有些人看不惯、反对,但有些人喜欢这样做,不以为然。

(1) 生活方面:①搓麻将本身是一种消遣,像聊天、看电视、游公园一样,一些退休老人没事坐在家里无聊,难得搓搓麻将解闷,这是无可非议的。但有些人把它当成生活中不可缺少的一项"工作",并且输赢很大,一天不搓就"手痒",经常搓到深更半夜。不少人负债累累。②烧香拜佛是一种迷信。有些人,特别是老太烧香拜佛,希望菩萨保佑、身体健康、合家平安,有些人平时省吃俭用,可在烧香拜佛上却不惜花大钱。菩萨真的会保佑吗?有人生病不看医生,拜菩萨,到死还认为是"命里注定的"。③随意晾衣服。有些人在马路人行道上的大树上吊绳子晾晒各种衣服,水嗒嗒滴。有些小区的花园里也成了"晾衣场"。④乱设摊。人行道上摆修自行车摊,几部车横着;有些马路的人行道上摆满小菜摊,有些还放在马路上,汽车不能开。早上天亮开始叫买,使居民不得安宁。⑤乱停车现象。居民小区都建有自行车、助力车停车棚,有专人看管,每月收一点停车费。可有些车主就把车停在场地上,走道边。有些很重的助力车还乘电梯停到自家走道边。⑥公园里睡觉。公园里的游客休息的长凳上常有青年人躺着睡觉。

(2) 卫生方面:①随地大小便。公园里、小区里,常有人随地小

◀图87
①人行道上晒衣被
②楼上垃圾往下丢

便,只要某角落有一人小便过,第二个、第三个人就会在这里小便。有些小便沟道常有大粪。②随便吐痰。人行道上、公园里常有人一咳,马上吐一口痰,不管什么地方。③乱丢纸、果壳。有人吃橘子、香蕉皮随便丢。在上班时间里常有一边走、一边吃早饭,包食物的纸一路丢,甚至吃完揩嘴的餐巾纸也随便丢。④大楼上抛垃圾。大楼上常有人将一包塑料袋垃圾开窗往外丢。⑤扫垃圾不用簸箕。有些商店扫地,从店堂扫到人行道上,甚至从人行道上往马路上扫。⑥城市居民小区草地上有鸡,谁家养的?(图87)

121.怎样拍摄新旧对比照片?

你以前拍过的照片,如城市街道的臭水浜、垃圾堆满的巷尾、火车站、黄包车、三轮车、城市的城墙,农村手插秧、牛耕田、铁耙翻土、四个人踏车水灌田等;现在宽马路、新胡同、新车站、汽车、高楼大厦,机器耕田插秧、机器灌水。这两种照片对照具有一定的新闻价值。(图88)

▲图88
①上世纪80年代的电视塔　②上世纪90年代的电视塔——东方明珠